騎士王の気高き溺愛花嫁

Waki Nakura
名倉和希

CHARADE BUNKO

Illustration

れの子

CONTENTS

ガチン、と金属がぶつかる重い音が、晴れ渡った青空の下に響いた。

体中の筋肉にぐっと力がみなぎり、アルベルトは馴染みの感覚にニヤリと不敵な笑みを浮かべる。目の前で交叉《こうさ》する剣の向こう側で、相手も余裕の笑みを浮かべた。

「カール、親衛隊の隊員たちに稽古をつけるばかりで鍛練《たんれん》を怠《おこた》っているんだろう。剣先が鈍《なま》っているぞ」

「おまえこそ執務室にこもってばかりで体力が落ちているんじゃないのか」

「俺のどこが、体力が落ちたように見えるんだ」

ぐいぐいと剣を押し合う二人は、従兄弟であり幼馴染みでもあった。

「荒っぽい剣筋の王様だよ、まったく」

「おまえこそ、親衛隊長のくせして洗練さの欠片もないな」

「俺に洗練さを求めるのはまちがいだ。なにせ田舎育ちだからな」

「俺もだ」

このアルミラ王国の国王、アルベルト・アルミラは現在二十九歳。王都生まれ辺境育ちという変わった経歴の持ち主の王として、近隣諸国に知れ渡っている。

「陛下」

　そのとき、庭師によってきれいに整えられた植木の向こうから、厳しい表情をした痩身の中年男が現れて声をかけてきた。その後ろには色白のすっきりとした面立ちの男が従っている。

「陛下っ」

　もう一度強めに呼ばれ、剣を交えていた二人は動きを止めた。

「なんだ、ベルマン」

　手拭《てぬぐ》いで汗を拭《ふ》きながら笑顔で振り返ったアルベルトに、中年の男は「なんだではありません」と仏頂面で返す。

「いつまでカールと遊んでいるのですか。もう一刻もここで剣を打ち合っていると聞きましたよ。私が目を通すようにとお願いしてあった書類はどうなりましたか」

「ああ、それはもう全部読んだ。指示書も文官に渡したから、確認してくれ」

「それならそうと、宰相である私に伝えてから遊びはじめてください」

「悪かった。そんなに怒るな。ハゲるぞ」

「もうハゲておりますっ」

　言葉通りに頭髪が寂しいアルミラ王国宰相、イスト・ベルマンは、もともとの体質なのか心労のせいか不明だが、二十代半ばですでにこの状態だった。

「そんなに自信たっぷりに言わなくても」

　笑うカールを、ベルマンは冷たく一瞥《いちべつ》した。

「カール・カンテ親衛隊長、こんなところで陛下と遊んでいるほどの暇があるなら、正規軍の訓練にも顔を出してくれていいのだぞ。親衛隊だけでは物足りないのではないか？」

「うわぁ、とばっちり。俺はただ体が鈍りそうだっていうアルベルトにちょっと付き合っただけなのに」

「カール！　陛下と呼べ。われわれはもう辺境暮らしの武装集団ではないのだ。悪辣《あくらつ》な簒《さん》奪者《だつしゃ》を葬《ほうむ》り、王座を奪還してからもう四年もたつ。いつまでも陛下と友達感覚では困る！」

「そんなこと言ってもさぁ、生まれより育ちって言うだろ。二十年も男ばっかりの廃墟みたいな辺境の砦《とりで》で暮らしてきて、いきなり洗練された貴族面しろって言われても無理だ」

筋肉に覆われた分厚い肩をひょいと竦《すく》め、カールはベルマンからさっさと離れる。

「どこへ行く」

「街を巡回してくる。ついでに馴染みの娼妓にも会ってこようかな」

「おのれの仕事はどうした。昨日、新規入隊希望者のリストを渡しただろう」

「ちゃんと見たよ。有望そうなヤツには印をつけておいたから、面接する手はずを整えろって副隊長に命じておいた。じゃあな」

「おまえは、やればできる能力があるのに、どうしてそうふざけてばかりなんだっ」

ベルマンの怒りを軽く笑い飛ばし、カールはとっとと逃げていった。もともと今日は非番だったのだ。アルベルトが剣の相手をしろと呼び出した。

「陛下、お召し替えをいたしませんと、汗が冷えてお風邪を召されたら大変です」

侍従が気遣ってそう言ってきたので、アルベルトは「そうだな」とその場でなんの躊《ちゅう》躇《ちょ》もなくシャツを脱いだ。

「陛下、着替えは室内で行ってください。侍従はいますぐここで脱いでほしいとはひとことも言っていませんぞ」

ベルマンに注意されたが、アルベルトは肩を竦めただけだ。するとベルマンの背後にいた優男が、「まるで野生児ですね」とぼそりと呟《つぶや》いた。ベルマンの甥、ラルスはさっきから呆《あき》れたような目で眺めていたのだ。ベルマンが振り返り、甥を叱《しか》る。

「陛下に向かってなんという口のきき方だ。不敬だろう」

「はい、申し訳ありませんでした」

口先だけの謝罪だと、いくら鈍《にぶ》いアルベルトでもわかる。

ラルスの忠誠心が伯父ひとりに向いており、辺境育ちのアルベルトを敬っていないことは以前からわかっていた。けれどベルマンが信頼してそばに置いている甥を、そう簡単に処罰することはできない。アルベルトは苦笑いだけで聞き流した。

「あれから四年か……」

脱いだシャツを侍従に渡し、アルベルトは空を見上げた。そして足下の石畳を見下ろす。

四年前まで、この鍛練場は存在していなかった。代わりにあったのは、瀟洒《しょうしゃ》な佇《たたず》まいの東屋《あずまや》だ。それを取り壊すように命じたのは、あらたな王となったアルベルトだった。

アルベルトが五歳のとき、ここで父アルトゥーリが凶刃に倒れた。王の執務室になだれ込んできた襲撃者たちから逃れるために庭に出て、東屋に追い詰められ、殺されたのだ。大胆にも真昼に決行された、王の暗殺。アルトゥーリはまだ三十歳という若さだった。それをアルベルトとカールは二階の窓から目撃していた。母方の従兄であるカールはアルベルトの遊び相手として運悪く城に滞在していたのだ。白い大理石のテーブルに血が飛び散った光景を、いまでも鮮明に覚えている。

アルベルトは幾人かの側近に守られてカールとともに王都を脱出し、おなじように逃げてきた母イリーナと山の中で合流した。母は泣きながらアルベルトの無事を喜び、夫の死を嘆いた。そして夫の弟である反逆者、ベルンハード・アルミラへの呪詛《じゅそ》を吐き出した。そこではじめて、アルベルトはすべてが叔父の企《たくら》みだったと知った。

夜陰にまぎれて山の中腹から王都の方向を見遣《みや》れば、いくつもの炎が見えた。叔父の私兵が火を放ったのだろう。城はベルンハードの手に落ち、叔父は暴力によって王座を手に入れた。

アルベルトたちは落ちのび、数ヶ月に渡るあてのない旅の果てに、森の中に放置された砦を見つけた。その中に澄んだ井戸を発見し、住み着くことにした。

アルベルトはそこでベルマンから教育を受けた。いつか王座を奪い返したときのために。

当時のベルマンは二十歳そこそこの若者だったが、事変が起こるまえは宰相補佐として政治の中枢にいた。取り立ててくれた親代わりとも言える宰相と、敬愛する王を殺され、静かに怒り狂っていた。

　森の砦の生活は二十年に及び、いつしかアルベルトは二十五歳になっていた。その頃には前王の善政を懐かしみ、現王の悪政に不満を持つ者たちが、森の砦の噂《うわさ》を聞きつけて集まりはじめていた。

　ベルンハードは自堕落な生活にひたり切り、政治は腐敗し切っている――と悪評が立っていた。おそらく酷い状況に陥《おちい》っているだろう、国の内情を、アルベルトは憂《うれ》えた。

　ある日、アルベルトは決断した。王座奪還のために、砦の男たちは出発した。

　女性と子供は砦に残った。その中には病床に伏しているイリーナもいた。

　王都で戦闘状態に突入してから、わずか半日で決着がついた。当時の正規軍は訓練不足のうえに士気がなく、辺境の地で日々鍛練してきたアルベルトたちの敵ではなかったのだ。

　先陣をきって城に入ったカールの手によって、ベルンハードは首を落とされた。

　その日のうちに森の砦に向けて早馬が出され、悲願が達成されたことがイリーナに知らされた。気力だけで生きていたイリーナは、知らせを聞いた数日後、満たされた笑顔で静かに息を引き取った。享年四十五歳。その名は、人生の半分近くを辺境の地で過ごした、悲劇の王妃として国民の胸に刻み込まれた。

「あれから四年……」

　アルベルトの呟きに、ベルマンも感慨深い表情になる。

　王座を奪還してから四年が過ぎた。城に入ってまずアルベルトが命じたのは、父が絶命した東屋を取り壊すことだった。あんな悲劇は二度とごめんだ、思い出したくもない。そう言ったアルベルトに、ベルマンは黙って予算を割いてくれた。

傾いた国政を立て直すのは大変で、最初の一年くらいは記憶がないくらいに忙しかった。ベルンハードの悪政は想像以上に酷く、詳細を知れば知るほど、逆によく二十年ももったなと恐ろしくなるほどだったのだ。

アルベルトたちの努力は二年目に早くも成果を出しはじめた。三年たつと経済が安定して回りはじめた。そうなると最悪だった治安もよくなる。出生率が上がって人口が増えつつあると聞いたときには、アルベルトはホッとした。

やっと一息つく余裕が生まれた王が、ときどき幼馴染みの親衛隊長を呼び出して剣を打ち合うくらい、いいではないか——と思うのは当然だろう。

「陛下、お話があります」

あらたまった態度でベルマンがそう切り出したとき、アルベルトにとってよい話だったことは少ない。しかしすべてはアルベルトのためを思って発言しているのはわかっている。ベルマンは苦楽をともにしてきた同志だ。

あたらしいシャツを侍従から受け取り、袖を通しながら「なんだ？」と宰相を振り返る。

「結婚をお考えください」

「またその話か」

あからさまにうんざりとした顔をしてしまった。王座についてから、もう何度も言われてきた案件だった。

「本来なら、しかるべき身分の姫を正妃に迎え、友好国をつくりたいところなのですが、なにぶん我々にはまだ信用がありません」

ベルマンが近隣諸国の各方面にアルベルトの縁談を持ち込んでいるのは知っていた。どこも難色を示したのだろう。それはそうだ。

「正式に王妃を迎えなくとも、ぜひ、お世継ぎをおつくりください。次代の王が生まれれば、国はもっと安定します」

「それはわかるが……。まだ王としてやることがたくさんあるだろう。そんな暇はない」

「ではいつ暇になるのですか。一年後ですか、二年後ですか、それとも十年後ですか。陛下はもう二十九歳ですよ。二十四年前の悲劇がなければ、とうに由緒正しい名家から姫を娶《めと》り、王子王女をもうけていたはずです」

アルベルトにしたら、「まだ二十九歳」という気持ちだ。

「後宮には私が何名か美しい娘を用意してございます」

それは知っている。ベルンハードが集めた女性たちでいっぱいになっていた後宮は、アルベルトの命で解散され全員が実家に帰った。いくばくかの慰労金を持たせて。

無人になった後宮にベルマンが勝手に女性を入れはじめたのは一年ほどまえだ。それを知らされたとき、アルベルトは怒った。けれどベルマンは、「必要だと思ったまでです」としれっとした顔を見せた。

「だれをお選びになってもかまいませんので、夜になったらお渡りになってくださいませんか」

「ベルマン、その言い方では女性は子供を産むだけの存在だと考えているようにしか聞こえないぞ。そんなのは女性に対して失礼だろう」

「お言葉ですが、現在後宮に住まう娘たちは、全員、求められた役目を承知のうえで陛下を待っています。運よく身籠《みごも》ることができたら、娘たちは喜ぶでしょう。まったく失礼ではありません」

ベルマンは自信満々で言い切った。たぶん嘘ではないのだろう。娘たちはそれぞれ納得して後宮に入ったにちがいない。

後継者がいない現状を憂えるベルマンの気持ちはわかるが、アルベルトは後宮の娘たちにまったく食指が動かなかった。

そもそもアルベルトの女性経験は片手で数えられるほどしかない。五歳のときから森の砦で暮らしていたのだ。身近な女性の数は限られていたし、狭い集落にありがちな、「みんな家族」といった雰囲気だった。

年頃になったアルベルトとカールを、年長者が気を利かせて街の娼館へ連れて行ったのが初体験だった。カールはあっというまに大人の夜遊びを覚え、何回か通ううちに馴染みの娼妓をつくったりしていたが、アルベルトはそこまで楽しめなかった。

カールとちがって、自分はおそらく性欲がそれほど強くはないのだろう——とアルベルトは思っていた。

「後宮の娘たちはみな若くて美しいですよ」

「うーん……」

「陛下は辺境育ちであることを欠点とお思いかもしれませんが、高慢なところがなく庶民的なところは好感度が高く、娘たちの目には、その黒髪と黒い瞳は凜々《りり》しく映るようですよ」

「変な褒め方をしなくていい。自分の容姿が平凡の域を出ないことは自覚している」

「もしかしてほかに想いを寄せる女性がいるのですか」

「そんなものはいない」

「では、単にその気になれない、というわけですか」

「まあな……」

「どうしてもその気にはなれませんか」

ベルマンに顔を覗き込むようにされ、アルベルトは視線を逸《そ》らしつつ「うるさいな」とぼそぼそ呟く。

「陛下は男性をお好みですか」

「いや、そんなふうに思ったことはないが……」

「試したことはないのですか」

「ないな」

街へ出たとき男娼も買えると知ったが、そこまでして性欲を発散したいとは思わなかったので、試したことはなかった。

「では一度、試してみてはいかがですか」

「男を抱いてどうする。子供なんか産めないだろう」

「いいえ、アテがあります」

「そんな馬鹿な」

「神の末裔一族です」

思いもかけないことを耳にすると、しばらく思考が飛ぶものだと知った。ぽかんと口を開けてベルマンの真顔を見つめる。

「神の末裔一族をご存じではありませんか」

「いや、聞いたことはある……はるか南の海の孤島に住んでいるとかいう、あれだろ？」

「はるか、というほど遠くはありませんよ。ここから馬で一ヶ月ほど南へ行くと、海に出ます。そこから船で七日間ほどだそうです」

「その船旅が大変だと聞くぞ。海流が複雑なうえに空にはつねに分厚い雲がかかり、夜空に星を見ることもできず、方角がわからなくなって漂流することになるとか」

「それは一族の許可を得ずに島に上陸しようとした無作法者が陥る最悪の事例です。彼らが神の末裔というのは本当なのかもしれません。一族の長には不思議な神通力があり、天候を操れるのだそうです。正式な手続きを経て一族の長から許可が出れば、迷うことなく船は島にたどり着けると聞きました」

やけに詳しい。アルベルトが後宮の女性たちをどうしても嫌だと言った場合にはこの提案をしようと、ベルマンは下調べをしていたのだろう。

神の末裔と呼ばれている一族は、各国の王族や大貴族に女性を嫁がせている。一族の長を女衒《ぜげん》と蔑《さげす》むものもいるが、高貴な家柄に嫁がせるべく育てられた女性たちはみな眉目秀麗で、争いを好まず心優しく、芸術に秀で、嫁ぎ先に幸福をもたらすとまことしやかに囁《ささや》かれている。

つまり、一族の女性を娶った側は、満足しているということだ。

「それはそれは美しい一族だと聞いております。震えるほどの美貌だとも聞いています。しかも、千人に一人という確率で、子を産める男性が出現するらしいのです。いま、その男性が嫁げる年齢に達しているとか。どうですか、陛下、興味が湧きませんか」

震えるほどの美貌の女性などをまえにしたら臆するだけだが、子が産める男性がいるというのは興味深い。娶るかどうかを抜きにしても、会えるなら、一度、会ってみたいと思った。

「……そう簡単には島に渡れないのだろう？」

アルベルトが興味を抱いたと察したベルマンが、珍しく笑顔になった。

「大丈夫です。じつはずいぶんまえに一族の長に渡航許可の申請をしておりました。目的は、もちろん花嫁をもらい受けること。その返事がさきほど届いたのです」

ベルマンが懐《ふところ》から書状を取り出した。巻かれていたものをアルベルトに向けてサッと広げる。そこには大陸公用語で、島への上陸を許可する、と書かれていた。

さすがベルマンだ、仕事が早い、と勝手なことをした不満よりも感心が先にくる。

「行きましょう、陛下。神の末裔一族が住む島へ」

アルベルトはこうして生まれてはじめて海へ出ることになったのだった。

◇

ポロンと膝に抱えた竪琴の弦を爪弾き、ミカは青い空を見上げた。白い雲が呑気《のんき》そうにぷかぷかと浮いている。七日間の晴天時期に入っているため、雨雲は一片たりとて空にはなかった。

一陣の爽やかな風が吹き、ミカの長い金髪をそよがせる。空よりも碧い瞳は、深い海の色をしていた。瞳を縁取る金色のまつげは長く、鼻梁《びりよう》は繊細な細さだ。白い肌に珊瑚《さんご》色の唇が鮮やかだった。

風にたなびく薄いシルクの衣装は、南国の気候にぴったりで、ミカの伸びやかな四肢に柔らかく絡まる。

美形ばかりが揃うという神の末裔一族の中でも、ミカはとびきりの美貌を誇っていた。

千人に一人という、男性でありながら妊娠出産が可能な体を持って生まれてきたミカは、その希少性と美貌で、子供の頃から大切に大切に育てられた。最高級のシルクで仕立てた服だけを身につけ、最高級の石鹸《せっけん》で体を磨く。さまざまな芸術に触れて心を豊かにし、どこの王族に嫁いでも困らないように各分野の教育も受けた。

「ふぁ」

退屈すぎて欠伸《あくび》が出る。花が絶えない常夏の島はのどかすぎて、とくに事件が起こることもなく、ミカは毎日暇を持て余していた。

ミカは今年二十歳になった。花嫁候補に課された教育はとうに終了しており、同年代の女の子たちは全員どこかへ嫁いでいった。通常は十五歳か十六歳くらいで嫁ぎ先が決定し、それから嫁入りのための段取りを整えて一年後には島を出る。二十歳になっても島に留まっているのは、ミカだけだった。

白亜の輝く宮殿に住み、花が咲き誇る庭園で日がな一日、竪琴を爪弾いたり読書をしたりしている。端から見たら優雅な生活だろうが、嫁ぎ先が決まっていない二十歳の花嫁候補にとっては牢獄とおなじだ。ここから勝手に出ることを許されていないのだから。もし出ることができても、ひとりで生きていけるかどうかはあやしかった。

教養のひとつとして、経済の仕組みや行政のあり方も学んだ。しかし一般社会で仕事をして給金を稼ぐ方法は教えてもらっていないのだ。

かといって島内の実家には戻りたくない。五歳のときに特殊な体だと判明して花嫁候補になることが決まり、宮殿に移り住んだ。宮殿にはおなじ立場の女の子がたくさんいて寂しくなかったし、いろいろなことを学ぶのは楽しかった。両親と兄はすでに遠い存在だ。漁業を生業《なりわい》としている実家でミカが身につけた竪琴の腕はなんの役にも立たないだろうし、子を孕《はら》むことができる二男が戻ってきても戸惑うばかりにちがいない。

「ミカさま、お茶のお代わりはいかがですか？」

金髪の巻毛とくるりと丸い茶褐色の瞳が可愛《かわい》らしい少年が、ミカに声をかけてきた。

「ああ、もらうよ。ピニ、ありがとう」

「どういたしまして」

ミカの世話係であるピニは、足首まである飾り気のない長衣を着ている。若草色のそれは、花嫁候補たちの世話係の証《あかし》だった。

「今日もいいお天気ですね」

ミカのカップにお茶を注ぎながら、ピニが笑顔でそう言った。

「七日間の晴天時期に入っているからな。カレルヴォが張り切っていた。大陸からまた船がこちらへ向かっているのだろう」

「ミカさま、族長様を呼び捨てにするのはどうかと思います」

「いいんだよ、あんなヤツに気を遣わなくても。島の女たちと引き換えに、あいつは金銀財宝を受け取っているんだぞ。とんだ強突《ごうつ》く張《ば》りだ」

「しかし、その金銀財宝は、花嫁候補たちの生活費ですよ。ミカさまもそれで生きてきたのではないですか？」

「ああ、確かに私はいままで一度として働いたことはない。楽をさせてもらってきた。だがそれとこれはちがうだろう」

「なにがちがうのですか」

「………………」

ピニにきょとんとした無垢《むく》な目を向けられて、ミカは黙った。自分が屁理屈にもならない、ただの難癖をつけているだけだとわかっているからだ。しかもピニは関係ない。

ひとつ息をついて、「すまない。イライラしていた」と素直に謝った。

「ミカさま、わたくしに謝らなくてもいいのですよ。わたくしはミカさまのために存在している身です。苛立《いらだ》たしいことがおありなら、いくらでもぶつけてください。それでミカさまのお気持ちが少しでも晴れるのならば本望です」

「おまえの献身はありがたいが、行きすぎるのは問題だぞ」

ミカは苦笑しながら手を伸ばし、ピニの巻毛を優しく撫《な》でた。

「こんなにお優しくてお美しいミカさまが、どうして結婚できないのでしょうね」

ピニの素朴な疑問に、ミカは口元を引きつらせた。

「それはだな、カレルヴォが選ぶ花婿候補が、ことごとく、もれなく、まちがいなく、私の気に入らないタイプだったからだっ」

ミカはいままで自分のまえに現れた花婿候補を思い出し、苛立ちをさらに募らせた。

カレルヴォが一族の娘を嫁がせる相手に求めるのは、豊かな財力と誠実さだ。大切な娘を託すのだから、金に困らない生活をさせてやりたいという親心は理解できるし、誠実さが必要なのも納得だ。

しかしその条件を、はたしてミカの相手にもちゃんとあてはめていたのか？

十五歳から年に何度か花婿候補と面談してきたが、財力を鼻にかける世間知らずの高慢な王子だったり、身籠ることができる珍しい男に興味津々《きょうみしんしん》の好色そうな中年貴族だったり――とにかく碌《ろく》でもなかった。

「ミカさまがそんなに言うほど酷くはなかったと思いますけど」

「いいや、酷かった」

「たんにミカさまが候補者に好感を抱けなかっただけでしょう？」

「カレルヴォの選び方が悪かったんだ」

相手がミカを気に入っても、最終的な決定権はこちらにある。ミカは断り続けた。彼らが島まで来られたということは、書類審査を通過し、カレルヴォにどこか美点を見出されたからだが、ミカにはそれを見つけることができなかった。

昨日の夜、カレルヴォと話をした。

神の末裔一族の族長であるカレルヴォは、ミカが物心ついたときからおなじ姿をしている。長い銀髪は床を擦るほどで、その銀色の瞳は人間離れしている。怜悧《れいり》な美貌は一族のだれよりも硬質だ。その滑《なめ》らかな肌に触れれば、きっと冷たいと思わせるほどに。けれど実際に触れてみると、血が通っているとわかるあたたかさを感じることができる。

島の年寄りに聞くと、カレルヴォは何十年もまえから年を取っていないという。おそらく数百年単位で、容姿は変わっていない。さらに天候と海流を操る不思議な力も持っていた。この世界を創造した神の眷属《けんぞく》だと、一族の子供たちは教えられて育つ。

夜の庭園で、ミカはカレルヴォに諭《さと》された。

「もう観念して嫁ぎ先を決めなさい。未知の世界に飛び込むのが恐ろしいのはわかるが、おまえがそうした体で生まれてきたことには、きっと意味があるのだ」

ミカはなにも言い返せなかった。見合いの相手にいろいろと難癖をつけて断っていたのは本当に気に入らなかったからだが、カレルヴォが指摘したように島を出ることに対して恐怖を覚えていたのも確かだった。

窮屈《きゅうくつ》な宮殿生活から脱出したいと願いつつも、安穏《あんのん》とした日々から新世界に旅立つには勇気が必要だった。

「こんどの花婿候補は、アルミラ王国のアルベルト王だ。二十九歳、王座についてからまだ四年だが、その善政は目を瞠《みは》るものがある。近い将来、賢王として名を馳《は》せるだろう。田舎育ちなので変にすれていなくて純粋だろうし、きっとおまえを大切にしてくれる」

月光とおなじ銀色の瞳が慈しみの光を放ち、ミカを見つめた。

これは必要なことなのだよ、と言い聞かせるようなまなざしだった。

創造の神は、人間を嫌っているという。清らかな自然を汚し、破壊し、くだらない理由で戦争をするからだそうだ。一時は人間を滅亡させようとしたらしいが、反対派がカレルヴォを監視役として地上に常駐させることで話がついたという。

カレルヴォは愚かな人間たちを、慈愛をもって見守っている。いつまた創造の神が怒りを爆発させて人間たちに天誅《てんちゅう》を下そうと考えるかわからない。そのときのために、カレルヴォは人間の女と交わって子をなした。たくさん子をつくり、さらに孫もつくり、この南の島で大切に育てた。そして数名の女児を選び出し、権力者たちの花嫁候補として教育した。

花嫁候補たちはやがて平和と芸術を愛する美しい女性に成長し、欲深い権力者たちの心を慰撫《いぶ》する妻となった。人としての幸せを知り、現状に満足すれば権力者たちは無駄な諍《いさか》いを起こさなくなる。カレルヴォはそう考えた。実際、この三百年ほどは大規模な戦争が減っているという。

さらに、神の眷属の子孫が人間たちの中で幸せに暮らしているとなれば、創造の神もおいそれと人間を滅亡させることなどできないだろう——とカレルヴォは考えていた。

「ピニがおまえについていってくれる。どうしても結婚生活が無理そうなら、ピニに言って私を呼び出しなさい。私が連れて帰ってあげよう」

ミカの手を握って、カレルヴォはそう約束してくれた。いままで嫁いだ娘が離縁して帰ってきたことはない。ミカがはじめての出戻りになるかもしれない。カレルヴォにとっても神の末裔一族にとってもよくない例をつくってしまうことになるだろう。

けれどカレルヴォは、「おまえの幸福が一番大切だ」と言ってくれた。

だからカレルヴォのために、ミカは覚悟を決めた。

いま、この島に向かっている船には、ミカの花婿候補が乗っている。どんな男でも、ミカは求婚を受けるつもりだ。

(ぶくぶく太った豚のような男でも、逆に不健康そうな痩せ細った男でも、脂《あぶら》ぎった中年の男でも、我慢しよう。とにかく嫁ぐ)

きっとだれが相手でもおなじだ。性交して孕み、産んでしまえば役目が終えられる。そうすれば、ある程度の自由は保障されるだろう。その後の性交を拒むこともできるはずだ。出戻りなんて格好悪くてできない。島に戻ってどうする。肩身の狭い思いでこそこそと生きていくくらいなら、嫁ぎ先の城の片隅で隠居生活を送ったほうがマシだ。

子を産める体で生まれたのだから、役目を果たそう。

ミカは深呼吸で気持ちを落ち着け、竪琴の弦を爪弾く。澄んだ音色に耳を傾け、余計なことを考えないようにする。風に乗って、きれいな音が空へと舞い上がった。

◇

想像以上の別世界だった。

七日間の船旅を終えて上陸した島は、濃い緑の木々が豊かに生い茂り、色とりどりの花が咲き誇っている。建物はみな白い石造りだ。陽光を反射して眩《まぶ》しい。

道を行く島民たちは、みな整った目鼻立ちをしていた。老人すらも若い頃は相当の美貌だったのだろうと思わせる容姿をしている。

「神の末裔一族の島にようこそ」

船から降りた客たちを出迎えたのはすらりと背が高い中年の男で、穏やかな笑みを浮かべて島の中央に建つ白い宮殿へと案内した。

今回の船で島に渡ったのは、アルベルトを含めて十組の主従だった。

どんなに権力を持つ王でも本人が島に行かなければならないという決まりがあり、付き添いはひとりまでと限定された。船があまり大きくないからだ。さらに、余計な人間を島に上陸させたくない、という事情もあるようだった。アルベルトはカールを帯同させた。

それほど広くない船の中で七日間を過ごす。ほかの客たちと暇つぶしのカード遊びをしたり、酒を酌《く》み交わしたりした。その雑談の中で、アルベルト以外は普通に女性の花嫁を求めているらしいと知った。男の花嫁を希望しているアルベルトを物珍しげに見る者もいれば、「なにか深い事情があるのでしょうね」と同情してくる者もいた。

「ここで花嫁候補たちは共同生活をしています」

案内役の男が白い宮殿についての説明を簡単にしてくれる。高台に建つ宮殿内は風通しがよく、港よりも涼しい。客たちは一室に集められ、さっそく呼ばれた順に族長と面談する。その後、族長が選んだ花嫁候補と会う。

客たちに許されている島の滞在期間は十日間。そのあいだに一日二回まで花嫁候補と会うことができる。一回につきどれくらいの時間、面会していられるかはとくに決まっていない。花嫁候補は自由に拒否できる。

面会の結果、嫁ぐかどうか決めるのは花嫁候補だ。花婿側は、断られたらすぐに別の花嫁候補を紹介してはもらえない。いったん島を出て、あらためて申し込むしかない。

アルベルトは興味本位でここまで来ていた。喉から手が出るほど、子供を産める男性が欲しいわけではない。森の砦で育ったアルベルトは、世間をよく知らなかった。世の中について勉強するつもりで、島に着くまでの旅を楽しんだ。王都から港へ向けての一ヶ月の陸路と、七日間の船旅は、すべてが目新しくて面白かった。

いろいろと骨を折ってくれたベルマンには悪いが、花嫁を得られなかったとしても往復三ヶ月近くの旅を経験できるだけでアルベルトは満足だった。

とはいえ、せっかくここまで来たのだから花嫁候補に会っていきたい。

控え室でしばらく待ったあと、アルベルトとカールは別室へ連れて行かれた。その部屋には、人間離れした容貌の男がいた。大きな窓は開け放たれていて、その前に籐《とう》で編んだ背もたれが高い椅子が置かれ、顔立ちが整いすぎて作り物めいた銀髪銀瞳の年齢不詳の男が座っていたのだ。

「私が族長のカレルヴォだ。アルミラ王国のアルベルト王かな？」

人形が喋《しゃべ》ったかのようで唖然《あぜん》としていたアルベルトは、名を呼ばれてハッと我に返った。慌《あわ》てて騎士の礼をする。カールもそれに倣《なら》った。

「カレルヴォ殿、お会いできて光栄です」

「アルベルト王、あなたの武勇伝は聞き及んでいる。父親の仇《かたき》を討ち、王座を奪還するまでは、さぞかし苦労したことだろう。この四年間の改革も、素晴らしい内容だったと報告を受けている」

カレルヴォは花婿候補の事情をかなり詳しく調査しているらしい。褒められて、アルベルトは恐縮した。

「私ひとりの力ではありません。ここにいる従兄のカール、宰相のベルマンをはじめ、森の砦で寝食をともにした仲間たちのおかげです」

「国の財政状況はどうなっている？　隠さずに正直に話してほしい。今回、あなた方はかなりの申込金を差し出したが、無理をしていないか」

「無理はしていません。私の叔父にあたる前王は、国民から厳しく税を取り立て、隠し持っていました。それのほんの一部です」

「なるほど」

「この四年で、国民たちはずいぶんと精神的に落ち着きました。みな勤労意欲に溢《あふ》れているので、国の財政は健全化しつつあります。治安も改善されてきましたし、人口もやや増加傾向にあります」

「それは素晴らしい」

カレルヴォは深く頷《うなず》き、案内係の男に目配せした。

「では、こちらへ」

案内係が庭園に出る扉を開いた。

「あなた様の花嫁候補がお会いになります。名前はミカ。今年で二十歳になります」

小道の向こうにちいさな噴水が見える。その横に、金色の長い髪を風に靡《なび》かせている、ほっそりとした後ろ姿が見えた。

「お付きの方は、離れた場所から見守りください」

アルベルトは見えないなにかに引き寄せられるかのように、ふらふらと庭に出た。小道をたどり、噴水に近づく。金色の髪がゆらりと動き、その人物が振り向いた。

「あ……」

息が止まるかと思った。澄んだ碧い瞳がまっすぐにアルベルトを見つめてくる。名工が丹精こめて作り上げたような、芸術的な美しさをたたえた美貌だった。すらりとした立ち姿はあきらかに男性で、女性的な柔らかさはない。それでも圧倒的な美しさに、アルベルトは声もなかった。

「はじめまして。ミカといいます」

低すぎず高すぎず、極上の音楽のような声だ。

「は、ははは、はじめまして……。私はアルベルト。ア、アルミラ王国の王だ。あなたに会えて、嬉しい……」

どうしてもミカに見惚《みと》れてしまう。全神経が目の前の麗人に反応してしまい、滑舌が悪

くなっている。最初の衝撃が過ぎたら、こんどは馬鹿馬鹿しいほど心臓が暴れ出し、胸が痛かった。あまりにも痛いので、アルベルトは右手で心臓のあたりを押さえた。

ミカはなにも言わない。みっともなく狼狽《うろた》えている男を、不思議そうにじっと見つめているだけだ。

「あの、あの……」

なにか気の利いたことを言いたくて、アルベルトは必死で頭を回転させた。しかし、もともと経験値が低い上に、想像力も貧困だ。なにも思いつかない。

アルベルトは風にそよぐ庭園の花々を見遣った。

「この庭の花を一輪だけ切ってもいいか」

「どうぞ」

そっけなく返事をされたことにも気づかず、アルベルトは許可が出たことだけを認識し、腰に佩《は》いた剣を抜いた。たくさんの種類の中から、アルベルトは白い大輪の花を選んで切った。花には詳しくないので、名前はわからない。

「これを、あなたに」

アルベルトは切ったばかりの白い花をミカに捧げた。ミカは戸惑いながらも花を受け取ってくれる。その手は白く細く、傷ひとつなく、ペン以上に重いものを持ったことがないことを物語っていた。この指が労働で荒れることはあってはいけない。守らなければならない。自分が守ってみせる。

アルベルトは強烈にミカを欲しいと思った。

◇

西の空に沈んでいく夕日を、ミカはぼんやりと眺めていた。宮殿の中、自分にあてがわれた部屋に戻ってきている。

窓辺にはガラス製の一輪挿しに白い花が一本だけいけられていた。それをくれた男のことを、ミカはさっきから何度も思い出している。

アルベルトと名乗った男は、一国の王だというのに朴訥《ぼくとつ》としていて垢《あか》抜けておらず、日に焼けた顔に髭《ひげ》の剃り残しがあったりして、どことなく憎めない感じがした。

噴水の横のベンチで、ゆっくりと話をした。アルベルトはミカをまえにして緊張しているのか、ときどき言葉に詰まっていた。しばらく沈黙が続くことがあったけれど、ミカはそれを不快だとは思わなかった。アルベルトが全身でミカの気を引きたいと訴えていたからだ。

気を引きたいといっても、話の内容や態度は、いままでにミカの相手として島にやってきた男たちとは、すこしちがっていた。

おのれの功績を延々と語ることはなかったし、自分の国に来ればどんなに素晴らしい娯楽が待っているかと子供だましの勧誘もしなかった。舌なめずりするような目でミカを見ることもなかった。

彼は純粋な目をしていた。その手は皮が厚そうで、とても頑丈そうだった。アルベルトの半生は、カレルヴォから受け取った資料に書かれていたのでだいたいのことを知っている。父親を叔父に殺され、母親と辺境に落ちのびて、二十年以上も苦労した。性格が捻《ひね》くれてもよさそうなものなのに、アルベルトは朗らかで卑屈《ひくつ》なところはなく、国の立て直しが順調に進んでいることを嬉しそうに話していた。

アルベルトが治めている国を見てみたい。きっと彼を囲む臣下たちも、一本芯が通った、心根が卑《いや》しくないものが揃っているのだろう。

「ミカさま、そろそろお夕食のお時間ですけど」

ピニが部屋に入ってきた。とことこと歩いてきて、ミカのぼんやりした顔を覗き込む。

「ミカさま?」

「ああ、うん」

「なにをしておいででした?」

「……花を見ていた」

一輪挿しの花を見遣り、ピニが微笑んだ。

「アルミラ王国のアルベルト王に贈られた花ですね。萎《しお》れてしまっていましたが、ちゃんと水を吸い上げて生き返りました。よかったです」

「そうだな」

「ミカさまを振り向かせようと、過去にはすごい宝石を差し出したり、珍しい鳥を持ち込んだりした求婚者はいましたが、その場で花を切って贈ってきた方はいませんでした。アルベルト王は初回が終了してすぐ、族長さまに面会してミカさまを娶りたいと熱心にお願いしたそうですよ」

それは知らなかった。ふわふわしていた気分が、急に胸のあたりで凝縮して切なくなってくるのはどうしてだろう。

「それはそうと、ミカさま、お夕食です」

「……あまり食欲がない……」

「えっ、そうなんですか？」

ピニが「失礼します」とミカの額に手を当てて、小首を傾げる。

「熱はありませんね。食欲を感じないだけですか？　吐き気は？　お腹の具合はどうですか？　頭痛がするとか？」

「そういうのは、ない」

ミカはため息をついて白い花を見つめた。アルベルトとの面会初回は、切った花が萎れるまで続いた。この花はとても丈夫で、切りっぱなしで放置していても簡単には萎れない。それなのに萎れたということは、それだけ長い時間、アルベルトといたからだ。

不思議なことに、弾まない会話を退屈だとは思わなかったし、もらった花を手から離す気も起こらなかった。アルベルトに会っているあいだ、ずっと持っていたのだ。

案内係が二人の様子を窺いに来て、そこではじめてずいぶんと長い時間、二人で過ごしていたことに気づいた。

「また明日、会ってくれるか」

アルベルトの求めに、ミカは頷いた。別れ際、アルベルトは両手をもじもじとさせていた。きっとミカの手に触れたかったのだろう。ミカのほうから手を差し出してもよかったが、こちらがねだっているとは思われたくなくて、知らないふりをして背中を向けた。

(明日、また会う……)

ちょっとドキドキする。きっとまた会話は弾まないだろう。だったらミカがなにか話のネタになるようなものを用意すればいいのかもしれない、と思いついた。

(竪琴を持っていこうかな。あの男はきっと楽器になど触れたことはないだろう。剣しか持ったことがなさそうな、あの手でも、竪琴なら爪弾くだけで音が出るし――)

とまで明日のことを考えて、はたと我に返る。大切にしている楽器を一度しか会っていない男に触らせようとしている自分に驚いた。

(私はいったいどうしたんだ……?)

はじめての事態に、ミカはおろおろと視線をさまよわせる。

「ミカさま、ミカさま?」

激しく肩を揺さぶられて、ミカはピニを見た。いつもそばにいてくれる世話係の愛らしい顔に目の焦点が合う。ホッとして、抱き寄せた。ピニはおとなしくされるままになってくれる。

「ミカさま、どうかなさったのですか？　アルミラ国のアルベルト王に無体なことをされたのですか？」

「いや、ちがう。なにもされていない。ただ、その、落ち着かなくて……」

「落ち着かない？」

「アルベルト王のことを思い出すと、なんだか、ソワソワして、居ても立ってもいられないというか、明日はなにを話せばいいのかとか――とにかく、胸がいっぱいでお腹は空いていない」

「ああ、なるほど」

ピニが両手を打ち鳴らした。ミカの腕の中からするりと抜け、「おめでとうございます」と頭を下げてくる。

「ピニ？」

「ミカさま、運命の人と出会えたのですね。よかったです。本当によかったです」

「う、運命っ？」

「ミカさまの症状は、まぎれもなく恋です。おめでとうございます！」

ピニが満面の笑みになっているのを、ミカは呆然《ぼうぜん》と見た。しだいにじわりと顔が熱くなってくる。両手をぎゅっと握りしめて、歯を食いしばった。羞恥に襲われて、ついピニを睨《にら》んでしまう。しかしピニは気にせずに笑顔のままだ。

「こうしてはいられません、族長さまにご報告を」

「待て、ピニ。なにを報告するつもりだ」

「ミカさまが初回でアルベルト王に一目惚れしたことです」

はっきりきっぱりと言われてしまい、ミカは白い頰を真っ赤に染めた。

「ひ、ひ、一目惚れとはなんだっ。私はちがう！」

「あきらかに一目惚れですよね」

「惚れてはいない。ちょっと気になるだけだ。あんな、田舎者丸出しの、気の利いたことひとつ言えない筋肉馬鹿になど、私は惚れていない！」

「ではアルベルト王の求婚をお断りするつもりですか？」

「そうとは言っていない！」

「明日もお会いになるのでしょう？」

「会う！」

しかも大切な竪琴を触らせてやろうとまで計画している。ぎりぎりと歯を食いしばっているミカに、ピニはやれやれと肩を竦めた。

「落ち着いてください。では、とりあえず『ミカさまはアルベルト王から贈られた花を眺めながらため息をつき、ちょっとだけ気にしている』と族長さまに伝えてきます。よろしいですか」

「ため息は余計だ」

「はいはい、わかりました」

ピニはさっさと部屋を出て行き、廊下をパタパタと駆けていった。

ミカはひとつ息をつき、椅子に座り直す。一目惚れなんてしていない。もらった花を大切にするのも、竪琴を持っていこうと考えているのも、たんなる気まぐれだ。

（まあ、結婚してやってもいいと思えるくらいには、好感度は高かったが……）

ミカは拗《す》ねたように口を尖《とが》らせ、花をじっと見つめた。


翌日、ミカはわざと、決められた時間よりかなり遅れて庭に出た。

昨日とおなじ場所に、アルベルトは待っていた。ミカの顔を見て、ホッとしたように笑う。その笑顔に胸がきゅんとなったのを、ミカは精一杯の虚勢で表情には出さなかった。

「アルベルト王、待たせてしまいましたね」

「いいえ、たいして待ってはいません。あなたのことを考えていたら、あっという間でした」

気障《きざ》な言葉とは知らずに口にしているのかもしれない。アルベルトの浅黒い顔には飾り気のない笑みしかなく、その黒い瞳にはミカしか映っていない。一刻近く待たされたことを、彼はすこしも怒っていなかった。

「それは竪琴ですか」

「私の愛用品です」

「ぜひ、一曲お願いします」

そのつもりだったので、ミカはポロンと弦を爪弾いた。気持ちのいい風に吹かれながら好きな曲を奏でる。アルベルトは黙って耳を傾けていた。芸術とは縁遠そうな無骨な顔つきのアルベルトだが、鑑賞する能力はあるらしい。うっとりとした表情に、ミカは満足した。弾き終えると、アルベルトは拍手してくれた。

「素晴らしい。天上の音楽とはこのことだ。あなたのその美しい指から、これほど美しい音楽が奏でられるとは。聞くことができた私は幸せ者です」

アルベルトの絶賛が嬉しくて、ミカは続いて三曲も弾いた。じっと聞き惚れてくれるアルベルトのその姿勢は、ミカの理想とするところだ。

調子に乗ったミカは、アルベルトの膝に竪琴を乗せて、弾き方を教えた。アルベルトはとにかく下手くそで、どれだけ教えてもメロディにならない。ミカは笑いをこらえるのが大変だった。

ピニが遠慮がちに声をかけてきたときは、邪魔をするなと叱りそうになった。

「ミカさま、続きは明日になさってはどうでしょうか。もう夕方です」

言われてはじめて、太陽が西の空に傾きはじめていることに気づいた。アルベルトも時間を忘れていたようで、呆然としている。

二人はまた明日の約束をして、そそくさと別れた。我に返ると恥ずかしくて顔が赤くなってくる。いったい何刻のあいだ、庭で遊んでいたのか――。それなのに、もう会いたくなっている。

ミカは、はっきりと、「恋しくて切ない」という感情が生まれたことを自覚した。

◇

定められた滞在期間中、アルベルトは毎日ミカと会い、交流を深めた。

ミカはあまり表情が豊かではないほうだが、拒絶する感じはなく、アルベルトの口下手さに関しても否定的な空気はかもしださない。嫌われていないと信じて、最終日に「結婚してほしい」と膝をついた。

ミカはしばらく黙ってアルベルトを見つめていた。しばし視線を泳がせたあと、「はい」と頷いてくれた。そして、「よろしくお願いします」と言ってくれたのだ。

アルベルトは喜びのあまり、ミカを抱き上げてぐるぐると回った。いきなりの暴挙に驚いて声を失っているミカに気づき、慌てて下ろしたのだが不機嫌になられてしまった。

「私を荷物かなにかとまちがえていませんか。その馬鹿力を、私に発揮しなくてもいいんですよ」

「悪かった。嬉しくてたまらなくて、ついうっかり――。許してくれ。もう二度としないから」

　地面に両膝をついて許しを請うと、ミカは「二度とするなとは言っていません」と余計に機嫌を悪くした。悪かった、すまなかった、と百回くらい繰り返したら、ミカはなんとか許してくれた。

「いいですか、私はあなたの花嫁になりますが、飾っておくだけの人形ではありません。人間として扱ってください。さっきのように抱き上げるときは、きちんと了承を得てからにしてください。いきなりされては驚きます」

「わかった。約束する」

　はじめに断りを入れれば抱き上げてもいいと言ってもらえたも同然なので、アルベルトは顔の筋肉が緩んでしかたがなかった。

「なんですか、その締まりのない顔は」

「あなたが私の花嫁になってくれるなんて、夢のようだ。一生、大切にする」

「当然です」

　ミカは真顔で頷いた。

　その後、カレルヴァも結婚の許可を出してくれ、正式にミカのアルミラ王国への輿入《こしい》れが決まった。日取りは三ヶ月後。

　アルベルトとカールは来たとき同様に、船と馬で国まで帰る。ふたたび一ヶ月と七日の長旅だ。その後、カレルヴァがミカを連れてアルミラ王国まで来るらしい。

　アルベルトが途中までで迎えに行きたいと伝えたら、カレルヴァに笑われた。

「私は神の眷属だ。通常の手段では移動しない。アルベルト王は、ミカを迎え入れる準備を整え、城で待っていればいい」

そう言われ、おとなしく帰路についた。いったいどんな手段で移動するのか、本当にミカを連れて来てくれるのか、いくつか質問したいことがあったが、ここでカレルヴォの機嫌を損ねるわけにはいかない。

長旅を無事に終えて国に戻ってからも、アルベルトの心は南の島に行ったきりだった。

「おめでとうございます。神の末裔一族から花嫁を娶ることができるなど、こんな幸運はありませんぞ。さすが陛下です。素晴らしい。カールもよくやった」

首尾は早馬に託した手紙で伝えてあったので、一行の帰還をいまかいまかと待っていたベルマンは、アルベルトの顔を見ると興奮してまくしたて、人前にもかかわらずカールを役職名で呼ぶのを忘れた。

「ミカ様とは、どんな方でしたか」

そう聞かれても、ひとことでは表現し切れない。ミカを思い出してぼうっとしてしまうアルベルトの横で、ベルマンがカールにおなじ質問をした。しかしカールはミカと会っていなかったので、「さあ？　とにかく美しい人らしい」としか答えることができず、ベルマンと聞き耳をたてていた周囲のものたちをがっかりさせた。

「おまえは陛下にくっついてはるばる南の島まで行きながら、いったいなにをしていたのだ。もっと役に立て」

望む答えが得られずてのひらを返してベルマンが腹を立てたが、カールは余裕で笑い飛ばした。

「なにをしていたって、陛下の警護だ」

結婚式の段取り、王妃の部屋、王妃の衣装など、ミカを城に迎え入れる準備は、ベルマンがすでにはじめていた。ミカが嫁いでくる日まで、あと一ヶ月半ほどしかない。アルベルトは留守中に滞っていた政務を精力的に片付けながら、ミカを迎え入れるための準備を監督し、ときには口も手も出しながら、その日を待った。


カレルヴォに告げられていた、ミカが入城する日。空は青く晴れ渡っていた。

アルミラ王国はやや乾燥した地域にあり、夏は日差しが強くて暑いが、湿度が高くないので日陰にいればやり過ごせる。冬はそれほど寒くなく、雪はめったに降らなかった。いま、季節は秋に入っていた。日中の暑さが和らぎ、一番過ごしやすい時期になっている。

アルベルトはベルマンとラルス、カールたち親衛隊とともに、城門のまえで待った。すこしでもミカによく思われたいアルベルトは、朝から二度も念入りに髭を剃り、湯浴《ゆあ》みをし、最近城下で人気があるという男性用の香水をつけている。いつもの着慣れた騎士服ではなく、青年貴族が着るようなシルクのレースを襟元や袖にあしらった上着と、光沢のある生地で仕立てたズボン、銀糸を縫い込んだ紐で編み上げたブーツを身につけていた。

上着とおなじ色でつくらせた鍔広《つばひろ》の帽子には、七色の鳥の羽が飾りとしてつけられている。腰に佩いた剣の鞘《さや》には宝石が埋め込まれており、自分で選んだとはいえ、アルベルトは全身を鏡に映してみてギョッとした。

あまり似合っているとは思えなかったが、アルベルトが精一杯考えたオシャレな姿がこれだった。神の末裔一族の島に渡ったとき、服装にこだわりがなかったアルベルトはいつもの騎士服だった。同船していたほかの花婿候補たちの洗練された（ように見えた）出《い》で立ちに、もっと考えるべきだったと反省したのだ。

島で会っていたとき、ミカはアルベルトの服装に関して一切言及してこなかった。しかしなにも思うところがなかったわけではないだろう。再会できた喜びを表わす意味でも、アルベルトは自分が考え得る最高のもので全身を飾り立ててみたのだ。

アルベルトの姿を見て、ベルマンは眉を寄せただけでなにも言わなかった。カールはニヤリと笑い、「意気込みがすげぇな」と肩を叩いてきた。王専属侍従のベッゼルは、終始目を泳がせていた。きっと衣装の豪華さに戸惑ったのだ。

「本当に今日なのですか？」

隣に立つベルマンが疑わしそうに聞いてくる。「そのはずだ」と頷くしかない。

各地の関所からは、神の末裔一族らしき一行が通り過ぎたという知らせはまったくない。いったいどこから、どうやって来るのか。

ベルマンの後ろにいるラルスはじっとりと湿った視線でアルベルトを睨んでいる。本当に神の末裔一族から花嫁が来るのかと疑っている感じだ。

なにも起こらないまま一刻ほどが過ぎると、カールが欠伸をした。緊張感が緩んだそのとき、一陣の風が吹いた。砂埃がぶわっと舞い上がり、アルベルトたちはとっさに目を閉じる。

目を開けたときには、目の前にカレルヴォとミカが立っていた。

あまりにも突然の登場に、全員が声も出ない。唖然とするあまり動けないアルベルトに、ミカがゆっくりと近づいてくる。軽く膝を折って、礼をしてきた。そこでやっと我に返り、アルベルトは「よく来てくれた、ミカ殿」と声がひっくり返りそうになりながらもなんとか声をかける。

ミカは宮殿で会ったときとおなじ、滑らかなシルクの衣装を身に纏っている。ほっそりとした体によく似合っていて美しいのだが、華奢《きゃしゃ》な肩を強調し、背中から腰、大腿あたりまでの線を露《あらわ》にしていた。夫となるアルベルトとしては、できるだけ人目に晒《さら》さず独占しておきたいところだ。

頭から薄い布をかぶり、ミカは顔を隠していた。

「待っていた。会えて嬉しい。こんな登場の仕方をするとは思わなかった。驚いたよ」

「そうですか」

久しぶりに聞いたミカの声。耳から体全体に、麗しい響きが染みていく。そっけない言葉に反して顔を伏せたミカが照れているように見えて、アルベルトは愛しさが溢れてくるのを感じた。

「アルベルト王、ミカは一族の大切な子だ。末永く可愛がってほしい」

カレルヴォが威厳のある声でそう告げ、片手を空に向かって振り上げると、また風が吹いた。カレルヴォのまわりにおおきな衣装箱がいくつも出現する。十二、三歳と思われる少年も現れた。若草色の簡素な服を着ていて、アルベルトにぺこりと頭を下げる。

「わたくしはミカさま専属の世話係、ピニと申します。今後はアルミラ王国に滞在することになります。よろしくお願いします」

どうやらミカに帯同して島を出たのはピニだけのようだ。カレルヴォが風とともに城門前に運んだものは、荷物ばかり。神の末裔一族が花嫁を嫁がせるときはいつもこのかたちなのかもしれないが、さぞかし心細いだろう。アルベルトはなにがあってもミカを支えて守り抜こうと、気を引きしめた。

「ミカ殿」

手を差し伸べると、ミカのほっそりとした白い手が重なってきた。きゅっと握りしめて布越しに目を合わせる。はっきりと顔が見えなくとも、その端整な目鼻立ちはうっすらと見えている。ベルマンの感心したようなため息が聞こえた。

「それでは、私は島に戻る」

カレルヴォが当然のようにそう言い、また片手を空に向けて上げた。まさか結婚式も見届けずに帰ってしまうとは思っていなかったので驚いた。

「私が式に参列する必要はないだろう。ミカのことはピニに任せてある。ピニはいつでも私を呼び出せるし、ミカの様子を見るためにときどき来るつもりだ。私は予告なく現れる。ミカを王妃として丁重に扱《あつか》うのだぞ。もしわずかでもぞんざいな扱いをすることがあれば、天罰が下ると思え」

ニヤリと笑ったカレルヴォは、来たとき同様に一陣の風とともに消えてしまった。

ミカは族長がいた場所をしばらく見つめていたが、アルベルトを振り返ると縋《すが》るような目をした。やはり寂しい思いはあるにちがいない。繋いだ手をあらためて握りしめ、アルベルトは安心させようと笑顔をつくった。

「あなたのために用意した部屋へ案内しよう。結婚式は三日後だが、今夜は歓迎の食事会を予定している。ぜひ出席してもらいたい」

「はい、わかりました」

手を引くとミカが従順についてくる。アルベルトは弾んでしまいそうになる足取りを、制御するのが大変だった。

◇

案内された王妃の部屋は、趣味のよい家具が揃えられ、壁紙もカーテンの柄も気に入った。三間続きで、一番奥が寝室になっている。各部屋は広々としていて、なにより窓がおおきく、開け放てば風が入ってくるのがいい。

城の三階に部屋があるのですぐ庭に出ることはできないが、代わりに広い露台があり、そこにテーブルと椅子が置かれていた。ちょっとしたお茶会なら開くことができそうだ。

露台から見下ろす庭は、この地方の流行りなのか樹木を丸型や四角型に刈り、行儀よく整列させるようにして、等間隔に植えてある。面白みがない。しかし権力者が住む城なのだから、見通しよくするのが目的なのかもしれないと思った。ミカが育った島の宮殿のように樹木を生い茂らせていたら、不審者が身を隠しやすい。

「私の部屋は隣だ。昼間は執務室で仕事をしているが、部屋付きの侍従がかならずいるから、なにかあったらピニに取り次ぎを頼んでくれ。すぐ私に伝わるようにしておく」

「わかりました」

ミカはするっとアルベルトから離れ、部屋の中を丹念に見て回る――ふりをした。アルベルトが戸惑いながら近づいてこようとする。気づいていないふりをしてミカは距離を取った。するとアルベルトがまた歩み寄ってくる。

そんな二人の様子を、宰相だという初対面のベルマンと、親衛隊長で島まで来ていたというカールが眺めていたが、それもすべてミカは無視した。

だれとも目を合わせないようにして、窓の外に視線を向ける。不機嫌になっているのを隠そうとしてみたが、きっと歩き方やちょっとした仕草に現れてしまっているだろう。

「ミカ殿……」

気遣わしげにアルベルトが声をかけてきた。ミカはちらりとも振り返らずに、「ひとりにしてください」と硬い声で告げた。

「疲れました」

「ミカさま」

ピニがそっと歩み寄ってきて窓際の長椅子へと導いてくれたので、そこに腰を下ろす。ミカの希望通りに、アルベルトたちは王妃の部屋から出て行くようだ。ピニと小声で今夜の食事会について打ち合わせているのが、断片的に聞こえてくる。そのうち扉が閉じて、ピニと二人きりになった。

「ミカさま、大丈夫ですか？」

「ああもう、鬱陶《うっとう》しいっ！」

ミカは頭にかぶっていた薄布を鷲掴みにして床に叩きつけた。ピニが慌ててそれを拾う。

「そんなにベールをかぶるのが嫌でしたか」

「ちがう！　鬱陶しいのは、アルベルトだ！　なんだあの格好は。道化師か？　ぜんぜん似合っていないし上下がちぐはぐだし、帽子の羽はいったいなんだ。私を笑わせようとしたのなら許せるが、あれはそうじゃないだろう。本気であの格好がいいと思ったのか？あの男のセンスはどうなっている？」

ミカが憤りを爆発させてまくしたてると、ピニも苦笑いした。

「ああ、ええ、まあ、あれはちょっと……どうかと思いましたけど」

「それにあの香水！　一瓶まるごと使ったのか？　臭くてたまらなかった！」

ミカはイライラと部屋中を歩き回る。

「辺境育ちなのは知っている。下手に王族ぶらなくても、騎士服のままで出迎えてくれたらよかったのに。島で会ったときはいつも騎士服だった。今日はどうしてあんな馬鹿げた格好で私を出迎えたんだ。絶対にカレルヴォはいま頃大爆笑しているぞ」

「そんなことは……あるかもしれませんね。うちの族長様は」

「私がどれほど今日という日を待っていたか、あの男はわかっているのかっ」

「ミカさま、指折り数えて待っていましたもんね」

「数えてない」

「そうですか？　アルベルト王に早く会いたくて、庭園の白い花を眺めてはため息ばかりついていたじゃありませんか」

「それは……住み慣れた場所を出て行くのが憂《ゆう》うつだっただけだ」

「はいはい、そういうことにしておきましょう」

お茶でも淹《い》れましょうか、とピニは湯をもらいに部屋を出て行った。ひとりきりになって、ミカはあらためてぐるりと部屋を見回し、ぐっと奥歯を噛みしめる。

家具も、絨毯《じゅうたん》も、カーテンも、すべてミカのために選んで総取り替えしたとわかる。女性が好みそうな色柄とはすこしちがうからだ。家具の大きさも、女性向けではない。細身ではあるがけっして小柄ではないミカに合わせたのだろう。

ミカのためにアルベルトが揃えてくれた。歓迎してくれている。ミカがこの日を待っていたように、おそらくアルベルトも待っていた。城門前で再会したとき、ミカは駆け寄って抱きつきたかった。まだ手を繋いだことしかないアルベルトの胸に、飛び込んでしまいたかった。それほどふたたび会えたことに感激していた。それなのに、アルベルトの出で立ちがすべてを台無しにした。

「最悪……」

近寄ると香水臭くて息もできないくらいだった。ミカはもともと人工の匂いが嫌いだ。アルベルトの体臭は嫌な感じがしなかったから、なにもしないでほしかった。嫁入り荷物の中には竪琴を入れてきたのだ。また爪弾きながら話をしたいと思って。

楽しみにしていたぶん、落胆が大きい。

「もし今夜の食事会でまた道化師のような格好をして香水を使っていたら、どんなことがあろうと、二度と口をきいてやらない」

ミカは怒りとともにそう決意した。

ピニが淹れてくれたお茶でなんとか気持ちを切り替え、ミカは夜の食事会に臨んだ。

食事をするのでベールはつけない。衣装は島で身につけていた普段着に近い、すこしゆったりとした意匠のものにした。宝飾品はあまり好きではないのでつけない。その代わり長い金の髪をピニに結《ゆ》ってもらい、そこに生花を挿した。

ピニが城の庭師を探してもらい受けてきてくれたのだ。はじめてアルベルトに会ったとき贈られたものに似ている、白い花だ。短時間でピニはそれだけのことをした。仕《つか》えるミカを喜ばせるためなら、ピニは城中を走り回ることもしてくれる。

すこし晴れやかな表情になったミカに、ピニは安堵《あんど》したように微笑んだ。

「ミカ殿、そろそろいいだろうか」

扉の外からアルベルトが遠慮がちに声をかけてきた。王みずからが迎えに来てくれたようだ。昼間、ミカの機嫌が悪いままに別れたから気になっているのだろう。

「ピニ、どんな格好をしているか、ちらっと見てきてくれないか」

小声で頼むとピニは扉を細く開けて、廊下に顔を出した。

「陛下、わざわざのお迎え、ありがとうございます」

「ああ、ピニ、ミカ殿の、その、体調はどうだ？」

ずばり「機嫌は治ったか」とは口にできなかったらしい。言葉を選んでいる。

「しばらくお休みになったので、もう大丈夫です」

ピニはそんな返事をして、「少々お待ちください」といったん扉を閉じた。たたっとミカのところまで急いで駆けてくる。

「どうだ？」

「昼間よりはマシでしたが、やっぱりどこかズレた服装をしていますね。でも湯浴みをしたのか、香水の匂いは控えめになっていました」

「ズレた服装……控えめ……」

ミカの眉間に皺《しわ》が寄った。ピニが慌てて、「多少のことは我慢してください」と懇願してきた。もう時間だ。

「さあ、行きましょう。欠席はできません。おそらく陛下のごく親しい臣下の方たちが列席します。ミカさまの顔見せの場ですから」

「そのくらい言われなくてもわかっている」

「どうしても我慢できなくなったら、途中で退席してもかまわないと思います。とりあえず最初は出ておかないと」

ミカはため息をついて「しかたがない」と覚悟を決める。ピニが開いた扉から廊下に出た。

「ミカ殿」

笑顔のアルベルトがそこに立っていた。確かにピニが言った通りヘンテコな羽はどこにもつけていないし、似合わないレースも縫い付けられていないし、香水はほのかに香る程度になっているので昼間よりマシだ。

しかし夜会用らしい光沢のある生地の上着はサイズが合っていないのか窮屈そうだし、足下はヒールの高い靴だ。絶対に履き慣れていない。城の衣装部屋にでもあったものを引っ張り出してきたのだろうか。食事会のあいだ、このアルベルトの横に座っていなければならないと思うと、哀《かな》しくなってくる。

「ミカさま」

後ろからピニに背中を突かれて、ため息を飲み込んだ。アルベルトに連れられて大広間らしきところへ行くと、白いクロスをかけられた四人掛けの円卓がずらりと並び、招待客がすでに席についていた。ざっと二百人くらいだろうか。これほどたくさんの人が一堂に会した場所に入るのがはじめてなら、一斉に視線を注がれるのもはじめてだ。やはり緊張する。

アルベルトとともに姿を現したミカを目にして、二百人が「おおっ」と声を上げた。最初は見世物のように扱われるのは想定内だったので、ミカはとくに動揺することなく、アルベルトに促されるまま席についた。

アルベルトが簡単に挨拶《あいさつ》の言葉を述べ、食事会はすぐにはじまった。テーブルに並べられた料理はどれもはじめて見るものばかりだが、美味しそうな匂いだ。アルベルトがいちいち料理の説明をして、食べ方を教えてくれる。ミカは言葉少なく応じながら、いくつかの料理を食べた。この国の料理はミカの口に合うようで、これからの生活の不安がひとつ減った。

しばらくすると座が砕けた雰囲気になってきて、入れ替わり立ち替わり出席者がミカに挨拶をしに来た。一度にはそんなに顔と名前を覚えられない。カールとベルマンはもう覚えた。そのベルマンはアルベルトと真剣な政治の話をはじめてしまい、ミカは取り残されたような感じになった。

そこへカールが椅子持参でやって来て、ミカのすぐそばに座った。そして空《から》になっていたグラスに果実酒を注いでくれた。琥珀《こはく》色のきれいなお酒は甘くて口あたりがよく、ミカはつい杯を重ねる。

「ミカ殿、アルベルトをよろしくお願いします。俺はあいつの幼馴染みで従兄なんです」

「そうだったのですか。あまり似ていませんね」

「よく言われます」

カールは親衛隊の式典用の制服を着ていて、それがとても決まっている。変な香水もつけていない。こんな感じでいいのに、どうしてアルベルトは似合わない、らしくない格好をしているのか。腹が立つ。

「こうして近くで話していると、確かにミカ殿は男性ですね。とてもお美しいが、その凜とした佇まいに男らしさを感じます。ああ、こういう言い方は失礼でしたか？」

「いいえ、かまいません。私は子供を産むことができますが、女ではありませんから。そもそも女のようになれ、という育てられ方はされていません。あくまでも自分らしく、というのが族長の教育方針でした。ですから馬にも乗りますし、海で泳いだことだってあります」

「それは健康的でいいですね。この国に海はありませんが、もし遠乗りをご希望でしたら、三日前には言ってください。俺が警備します。どこへでもお供しますよ」

「けれどあなたは陛下の警備が一番大切なお仕事なのではないですか?」

「大丈夫、そのときは絶対にあいつもついてくるから」

声をたてて快活に笑うカールは自然体で、ミカはこういう男を嫌いではない。警戒心と緊張感がゆっくりと解けていく。

カールはアルベルトに同行して島に渡ったときのことを、いろいろと話してくれた。花嫁候補に選ばれたときから高台の宮殿で暮らしているミカは、島の一般的な暮らしをよく知らない。カールが語る島民の生き生きとした姿は興味深かった。

ふと視線を感じて振り向けば、アルベルトがじっとりと湿り気のある目でこちらを見ていた。ミカがカールと親しげに話しているのが気に入らない、と顔に書いてある。

「あーあ、アルベルトが嫉妬《しっと》しているな。すごい目だ」

「おや、花嫁は我が王をお気に召していないのですか?」

カールが笑い混じりに小声で呟く。「放っておけばいいのです」とミカは言い捨てた。

「だとしたらどうなのです」

ミカが睨みつけると、カールは苦笑いした。

「そう言わずに、あいつを好きになってあげてくださいよ」

おまえに言われるまでもない、もうなっている、とミカは心の中だけでわめいた。

「あなたに会ってからというもの、寝ても覚めても『ミカ殿、ミカ殿』だ。純情で一途《いちず》で、色恋に関しては馬鹿みたいに不器用ですが、悪い男ではないんです」

そうアルベルトを庇《かば》うカールの茶褐色の瞳は、とても優しく笑んでいた。

「あいつはきっと歴史に残る賢王になりますよ。この国と民を思う気持ちは本物ですからね。われわれはあの男に賭けました。そして最初の賭けに勝ちました。次は治世を何十年か続けることです。これがわりと難しい。どうしたって何年かすれば疲れます。そのときのために、王には安らぎが必要です。さらに民の心をひとつにする、わかりやすい象徴があったほうがいい。ミカ殿のことですよ」

「私ですか」

「そうです」

カールの言いたいことはわかるが、ミカはそこまで考えていなかった。結婚する相手はできるだけ優しそうで相性がよさそうな人がいいと、アルベルトに決めたけれど、王の安らぎになり、さらに国の象徴になることまで求められるとは想像していなかった。

ミカの戸惑いを察してか、カールは肩を竦めて席を立った。

「まあ、おいおい考えていってください。時間はたっぷりありますからね」

持参した椅子は持ち去らずに、カールは自分の席に戻っていく。そうしたら、すぐにそこに別の男が座った。年の頃はカールとおなじだろうが印象は真逆で、色白の優男。城門前の出迎えの列にいたが、紹介されていない。

「ミカ殿、私はラルス・ベルマン。宰相の甥で、伯父の補佐的な役目を担っています。とても重要な役職で、優秀な者しか務まりません」

この自己紹介だけで、ミカはラルスを嫌いになった。宰相のベルマンはつねに厳しそうな顔をしている男だが、アルベルトを父親のような目で見守っていた。信頼できる人物だと思っていただけに、甥にはがっかりだ。

「私は王都生まれの王都育ちです。王都のことならなんでも知っていますので、城下街を散策したいときは、ぜひ一声かけてください。隠れた見所を私が案内して差し上げましょう。陛下や親衛隊長も知らない秘密の場所です。彼らは辺境育ちなので、王都のことをよく知らないのです」

ふふん、と鼻で笑ったラルスを、ミカは冷たい目で眺めた。何様のつもりなのか。自国の王を敬わなくてどうする。

「陛下の今日の出で立ち、どう思われましたか。私は一目で吹き出しそうになりましたよ。よくもあんなふうに高価な衣装を台無しにできるものです。それも一種の才能ですかね」

それには同意する。しかしそう思ったのなら、どうして意見しなかったのか。アルベルトは臣下の発言を無視するような王ではないだろうに。

「ミカ殿、この果実酒を気に入っていただけたようで、嬉しいかぎりです。これは私の領地から取り寄せたもので、貴族のあいだではなかなかの人気なのですよ。もしよろしければ、お近づきのしるしに、何ケースか取り寄せます」

急に果実酒の口当たりが悪くなったような気がした。酒に罪はないが、もう飲むのはやめた。

「ミカ殿、髪に挿した花がよく似合っていますね。生花をそのようにして髪に飾るのは、神の末裔一族の流行りですか？　この国では切り花をそのようにして使用することはありません。ですが、今夜のミカ殿があまりにもお美しいので、きっとこの場にいる貴婦人たちの口から広まり、今後大流行しますよ」

「そうですか」

不機嫌さを隠しもせずそっけなくしているのに、ラルスの舌は滑らかだ。相手のことなどおかまいなしで、自分中心にしか物事を考えられない性格なのだろう。

「ミカ殿、本当に……お美しい。このお召し物は嫁入り道具として持ってこられたものですよね。素晴らしい意匠です。あなたの輝く美貌を引き立て、その白い肌を煌《きら》めかせている。私はあなたほどの麗人に会ったことがありません。ここまで美しいと性別など些末《さまつ》なことのように思えます。陛下が一目でミカ殿を気に入ったというのもわかります。私だって、心はもう――」

「よく喋る口だ」

ラルスの話は退屈すぎる。どれほど姿形を賛辞してくれようと、ミカには微塵《みじん》も響かなかった。それらはすべてアルベルトに言ってもらいたい言葉だ。

悪態がうっかり口からこぼれたが、ラルスは「はい？」と首を傾げた。ラルスの喋り声がミカの呟きを打ち消してしまったようだ。ため息をついてアルベルトのほうを見遣れば、またしてもこちらを睨んでいた。

そんなに気になるなら、話しかけてくればいいのに――。もしかして嫉妬心を隠すほうのが大人の男だとか（隠し切れていない）王の威厳を示すために臣下を自由にさせているとか、そういうくだらない理由で睨むだけにとどめているのだろうか。

（馬鹿馬鹿しい）

ミカは不意に席を立った。ラルスが「ミカ殿？」と手を伸ばしてくる。触れられるまえに身を引いた。

「疲れたので下がらせてもらいます」

それだけ告げて、アルベルトの後ろを通り過ぎる。

「ミカ殿、気分でも悪くなったのか？」

アルベルトが追いかけてきた。するとカールと二人の親衛隊員がアルベルトを追いかけてくる。ミカは四人の男を従えるようにして無言で廊下を歩き、王妃の部屋に戻った。

「おやすみなさい」

それだけ言って部屋に入る。アルベルトは諦《あきら》めたような表情で「おやすみ」と返すだけで、無作法をしたミカをひとことも叱りはしなかった。

「ミカさま、お早いお戻りですね」

ピニが笑顔で迎え入れてくれる。気を許せる少年の顔を見て、ミカはホッと肩の力を抜く。自覚していなかったが、相当緊張していたようだ。ドッと疲れがのし掛かってきて、ミカは手近なソファに座った。

「お疲れですか?」

「疲れた。もう湯浴みをして寝たい」

「よろしいですよ。よく眠れるように、あとで足を揉んで差し上げましょう」

「ありがとう」

ピニが湯浴みの準備をはじめるのを、ミカはぼんやりと眺める。閉じた扉が気になった。廊下にまだアルベルトがいるような気がしたけれど、そんなことはないだろう。もう食事会の場に戻っているにちがいない。

もっと話をしたかった。アルベルトのためにここまで来たのだ。膝が触れ合うほどに近くに座って、別れていたあいだのことをゆっくりと話したかった。服装が変で、香水が気に入らないことくらい、言えばよかったのだ。それで気を悪くするような人ではない。ミカのためなら、なんだってする勢いなのだから。

食事会の最中だって、ベルマンと政治の話なんかしていないで、もっとかまってほしいと要求してもよかったのだ。ミカを歓迎する会だった。カールとの話には実りがあったが、ラルスは不快でしかなかった。睨むだけならだれでもできる。ミカを独占したいなら、すぐにラルスを追い払って、「ほかの男と話すな。私だけを見ろ」と命じてくれてよかったのに。いや、命じてほしかった。

「ミカさま、湯浴みの用意が整いました。ミカさま? どうかなさいました?」

「ピニ、私は愚かだ」

いつのまにかミカは泣いていた。頬を伝う涙を、ピニが胸元から取り出した手拭いでそっと吸い取ってくれる。

「どうして素直になれないんだろう。会いたかった、会えて嬉しいと、ひとことでもアルベルト王に言えばよかった」

「これからいくらでも言う機会はあります。今日はもうなにも考えずに、湯浴みをして休みましょう。はじめての体験をいくつもして、ミカさまはお疲れなのです」

「私に腹を立てていないだろうか。こんな花嫁はいらないと、カレルヴォに言うだろうか」

「言いませんよ。アルベルト王はミカさまにベタ惚れではないですか。環境が激変して動揺していると思っているでしょう。大丈夫です」

「そうか？　そうだろうか？」

「そうです。さあ、ミカさま、湯浴みをしましょう」

鼻を啜《すす》りながら、ミカはピニに促されて寝室奥の浴室へ移動した。

◇

アルベルトは侍従のベッゼルに脱いだ衣装を渡しながら、おおきくため息をついた。

「お疲れですか」

ベッゼルに聞かれ、「いや、まあ……」と言葉を濁す。食事会が終わり、王の部屋に戻ってきたところだ。ミカが途中で退席してから、ずっと考えているのだが、わからない。

（ミカ殿は気分を害していたよな？　なにが原因だったんだろう。俺か？　俺が悪いのか？）

せっかく再会できたのにミカはちっとも笑顔を見せてくれなかった。感動の再会とまではいかなくとも、感激してくれると想像していた。それくらい、島での数日間で親しくなれたと思っていた。

なのに、よそよそしい態度で接してくる。それだけでなく、食事会の最中、カールやラルスと打ち解けた雰囲気で会話していた。ラルスはどうか知らないが、カールは女慣れしている。きっと面白い話題でミカの気を引いたのだろう。ついうっかり、睨んでしまった。アルベルトの狭量《きょうりょう》さに気づき、不快になったにちがいない。

（今後は絶対に睨まないようにしよう。器《うつわ》の大きな男であるとミカ殿に示さなければ）

結婚式は三日後だ。できれば機嫌を治してほしい。不満があるなら聞きたい。二人きりでゆっくり話をしたいところだが、アルベルトは王としての執務があれこれと詰まっていた。三日後の結婚式と翌日を空けるためだ。

ソファにだらしなく体を投げ出し、考えごとをしているアルベルトを、ベッゼルがそっとしておいてくれる。王専属の侍従であるベッゼルは四十歳になる中堅で、王としての経験が浅いアルベルトの私生活をよく支えてくれている。ベッゼルは前王の暴君ぶりを間近で見てきたひとりだ。ささいなミスで侍従仲間が何人もベルンハードに手打ちにされたらしく、密かに反抗心を膨らませていたのだろう。アルベルトに忠誠を誓ってくれた。

扉がノックされて、ベッゼルが対応するのを眺めつつ、アルベルトはミカのことを考える。明日、なんとかして時間をつくり、ミカに会いたい。とりあえず朝になったら庭の花を贈ろうか——と馬鹿のひとつ覚えのように思いついた。

「陛下、ミカ様のお世話係のピニという少年が、大切なお話があると訪ねてきましたが、どういたしますか？」

「なに、ピニが？」

アルベルトは慌ててソファに座り直し、通すようにベッゼルに命じた。

「夜分遅く、突然訪ねてきてしまい、大変申し訳ありません」

部屋に入ってきたピニは、ぺこりと頭を下げる。

「ミカ殿がどうかしたのか？」

「ミカさまはもうお休みになられました。すこしお疲れのようでしたので」

ピニはその年頃にしては落ち着いた笑みを浮かべ、物怖じしない態度でアルベルトの前に立つ。島で会ったときに﨟長《ろうた》けたような不思議な空気を持った少年だなと感じたが、あらためてそう思った。

「ミカ殿は疲れただけか？　私になにか不満があるのではないか？　今日は再会したときからなにやらあまり機嫌がよくないように見えたが……」

「誤解のないように最初にお伝えしておきますが」

「なんだ？」

「ミカさまは今回の結婚を、とても楽しみにしていらっしゃいました」

「本当か」

「ですから、陛下に再会したときの落胆ぶりはお可哀想《かわいそう》なほどでした」

「ら、落胆？」

アルベルトは青くなった。いったいなにがミカを落胆させたというのか。

「まず、陛下の衣装がダサくてショックを受けておいででした」

「ええっ？」

「さらに香水。ミカさまは人工の香りがお好きではありません。今後は控えていただけますか」

「あ、ああ、もちろん」

それから？　と身構えていたら、ピニはこれだけだという。アルベルトは思わずベッゼルと顔を見合わせた。

「それだけか？　もっとなにかあるだろう？」

重要ななにかがあるはずだ、とピニに迫ったが、ムッとされてしまった。

「陛下、それだけかとおっしゃいますが、ミカさまにとっては大変に重要なことです。服装がダサくて香水が臭かったのですよ。陛下に近づきたくても近づけなかったミカさまの心痛を、ちゃんと思い遣ってください。もっと幻滅されて結婚話をなかったことにされたいのですか」

ぴしゃりと言われ、アルベルトは焦って「わかった、わかった」と何度も頷いた。ピニはただひとり、島から同行してきた世話係だ。ミカの身の回りのすべてを仕切っている。つまりカレルヴァの信頼を得ている存在なのだろう。怒らせてはいけない。こうしてわざわざ話をしに来てくれたということは、ミカとの仲を取り持つ気があるのだ。

「わかった。それでは服装に気をつけよう。あと、香水はつけない」

「気をつけるのではなく、普段とおなじようにしてくだされぱいいのです。島に滞在していたときは、素朴な意匠の騎士服でしたよね？」

「それでいいのか？」

はっきりと頷いたピニに、アルベルトは余計な気を回して着飾った自分を反省した。

「あと、湯浴みの最中にちらりとミカさまがこぼしていたのですが、食事会の最中に、陛下はミカさまを放置して宰相殿と政治の話をしていたとか」

「……そんなこともあったかな」

「あったようです。それもミカさまは憂えていらっしゃいました」

「ミカ殿の前で政治の話をしてはいけないということか？」

「それはちがうでしょう」

斜め後ろの位置からツッコミを入れられ、アルベルトはぎょっと振り向いた。ベッゼルが思わず口を挟んでしまったという態《てい》で立っている。すごい勢いで頭を下げた。

「も、申し訳ありませんっ」

「いや、いい」

どうやらベッゼルでもわかるミカの気持ちがわからないようだ、とアルベルトはしゅんと背中を丸める。

「陛下、ミカさまは政治の話をされたことが気に入らなかったわけではありません。食事会はミカさまの歓迎の意味があったはずです。それなのにミカさまを放置して宰相殿と話をしていたからいけなかったのです」

わかりますか、とピニが半ば呆れた口調で説明してくれた。できの悪い生徒のように、アルベルトはちいさくなって頷く。自分の不甲斐《ふがい》なさにため息が出た。

「それでミカ殿は途中で退席してしまったのだな……」

「ミカさまも短気を起こしてしまったと反省していらっしゃいました」

「そうか……」

アルベルトはミカの姿を思い浮かべる。食事会の席でひとりだけ輝いて見えた。会場内のだれもが見惚れていた。アルベルトの花嫁だ。心穏やかに、いつも笑っていてほしいと思っている。それなのに夫となる自分が傷つけてどうする。

「ピニ、話を聞かせてくれてありがとう」

「ミカさまのためですから」

「これからも私に落ち度があったら教えてもらいたい」

アルベルトが腰を低くしてお願いすると、ピニは頼もしい笑みを見せてくれた。

◇

アルミラ王国のアルベルト王と神の末裔一族のミカの結婚式は、予定通りに執り行われた。

結婚式の日とその翌日を空けるために仕事を詰めているため、なかなか時間が空《あ》かない、とアルベルト本人が弁解しに来たのは、ミカがこの国に来て二日目の夜だった。一日目の食事会で顔を合わせて以来、二日目はずっとアルベルトの姿を見ることがなく、ミカはわかりやすく落ち込んでいた。そこにアルベルトが訪ねてきて、会えない理由を説明したのだ。嫌われたわけではなかったと、ミカはホッとした。

アルベルトは見覚えのある簡素な騎士服を着ていて、香水は一滴もつけていなかった。だからミカは長椅子に並んで座っても不快にはならなかったし、距離を詰められたときにはちょっとだけ甘えるようにもたれかかることができた。

「ミカ殿、昨日の私が酷い格好をしていたことを謝りたい」

「え……?」

「あなたと再会できる喜びのあまり舞い上がり、感覚がまともではなくなっていたのだ。

すまなかった。今後は下手に着飾ることはしない」

戸惑いながらも謝罪を受け入れ、ちらりとピニを見た。素知らぬふりをしているが、ピニが伝えたのはまちがいない。余計なことを、と思ったが、鈍そうなアルベルトはだれかがはっきり言わないと自分で気づくことはなさそうだから、しかたがなかったのかもしれない。

結婚式当日、式典用の白い騎士服を身につけたアルベルトは三割増しに凛々しく格好よく、日に焼けた顔に浮かべた笑顔が眩しくてくらくらしそうだった。

「今日からミカと呼んでもいいか」

「はい」

照れくさい気持ちを押し殺し、ミカは無表情で頷いた。

式は城内の礼拝堂で簡略的に行われた。アルベルトが王座を奪還してからまだ四年。ずいぶんと国情は安定したが、まだ式典にそれほど予算を割きたくないという事情があったらしい。ミカは挙式自体にそれほどこだわりはなかったので、正当な理由があって質素にするのならとくに異論はない。むしろ無理をして派手な式にしなかったアルベルトに、ますます好感を抱いた。

礼拝堂の中でアルベルトと並んで膝をつき、王家の祖先に祈りを捧げ、生涯お互いを慈しみ合い支え合っていくことを誓う。ただそれだけだ。けれどミカは感動して胸がじんとした。

アルベルトが自分の夫。ただひとりの、夫なのだ。隣に立つ偉丈夫をちらりと見て、胸をドキドキさせる。今日、アルベルトにすべてを捧げる。だれにも肌を許したことがないミカにとって、はじめての体験だ。子作りは義務だが、それだけではない期待と興奮がミカを高揚させていた。

結婚式のあと、早々に花婿と花嫁は湯浴みをして体を清め、真っ昼間から王の寝室にこもる。それがこの地方の習慣だという。

ミカはピニの手によって全身をくまなく磨かれ、下着すらつけずにローブ一枚を纏《まと》っただけの姿になった。ガチガチに緊張しているミカに、ピニが「ミカさま、落ち着いて」と声をかけてくれる。

「無理を言うな。落ち着けるわけがない。わ、私はいまから、いまから……」

「具体的に考えてはいけません。余計に体が固くなってしまいますよ。初夜なのですから、ミカさまはなにもしなくていいのです。すべて陛下に任せて、気持ちよくなっていれば終わりますから」

「気持ちよく？　なるのか？　なるかな？　最初は痛いのではないか？」

男に嫁ぐ花嫁として教育を受けてきたのだ。子作りの行為がどういったものか、知識としては知っている。知っているが実際にしたことはない。当然だ。無垢のまま嫁ぐのが通例だった。

「アレを、尻に入れるのだぞ。痛いだろ」

「その点は、陛下がどれほどのモノをお持ちかによりますけど。初心者に優しいサイズだといいのですが」

「……王の専属侍従がいたな。ベッゼルとかいう……。あの者に、事前に聞いておけばよかった」

「なにをですか、陛下のサイズですか。聞けるわけがないですよ」

「でもあらかじめ知っておけば、心の準備ができただろう？」

「心の準備をしてどうするのですか。ミカさまのことです、考えすぎて、ますます動揺するだけだったと思いますけど」

「そんなことはない。いまからでも聞いてきてくれ」

「いまから？　こんな間際になって、なにアホなことを言っているのですか。いいかげん観念してとっとと陛下に喰《く》われてきてくださいよ」

「そんな言い方はないだろう。他人事だと思って」

感情が高ぶりすぎて泣きそうになったら、ピニが呆れた目で見上げてきた。

「確かに他人事です。わたくしの身に起こることではありませんから。でもわたくしはミカさまに一生仕えるつもりでこの国に来ました」

そうだ、ピニはもう島に二度と戻らない覚悟でミカに同行してきてくれたのだ。

「……悪かった。配慮が欠けた発言をしてしまった……」

「いえ、いいです。それだけミカさまが初夜に対して恐れを抱いているということでしょう」

ですが、とピニは続ける。

「いまさら言われなくともわかっていると思いますが、ミカさまはもうアルベルト王の妻になりました。よほど理不尽な行為を強要されないかぎり、陛下がすることを拒んではいけません。多少の痛みくらいは我慢して、ちょっと喘《あえ》いでみせるくらいの演技をしてくださいね」

「そんな難しいこと、私にできると思うのか？」

「思っていませんが、そのくらいの努力はしてくださいってことです」

「酷い……」

唯一の身内に突き放されてミカが涙目になったところで、扉がノックされた。ぎくっと全身を震わせる。王の寝室と繋がっている扉がゆっくりと開き、いま名前が挙がっていたベッゼルが顔を出した。

「お支度は整いましたか？」

「はい」

ピニが勝手に返事をして、怖じ気づいているミカの背中をぐいぐいと押してくる。

のろのろと歩を進め、ミカはしかたなく王の寝室に入った。はじめて入った王の寝室は、薄暗かった。すべての窓が分厚いカーテンで覆われており、陽光を遮っている。いくつかのランプが部屋の様子をぼんやりと浮かび上がらせていた。王妃の寝室よりもすこし広く、天蓋《てんがい》付きの大きな寝台がまず目に飛び込んでくる。

その横に、ミカとおなじ、ローブ一枚の格好でアルベルトが立っていた。立ち止まったミカに、ふっと笑いかけてくる。どうしたらいいかわからなくて動けないミカに、ゆっくりと歩み寄ってきた。

「ミカ、おいで」

名前を呼ばれ、手を取られる。そっと引かれ、寝台へと促された。ミカの全神経がアルベルトに向かい、頭の中がアルベルトでいっぱいになる。背後で扉が閉まり、二人きりになったことも気づかなかった。

寝台に腰掛けると、正面に立ったアルベルトが両手でミカの長い金髪を梳《す》いた。そして頬を優しく撫で、静かに屈《かが》み込んでくる。近づいてくる顔に慌てて目を閉じると、唇に柔らかなものが重なってきた。くちづけられたのだ。

予想していたくせに、はじめてのくちづけにびっくりして目を開けてしまった。ものすごい至近距離にアルベルトの黒い瞳があった。吸い込まれそうな、深い瞳。他人とこんなに近くで見つめ合ったことなどない。これほど近いと、相手の瞳に自分の顔が映り込むのが見えるのだと知った。

アルベルトに肩を押され、寝台に横たわる。その上にのし掛かってきたアルベルトは、「ああ……」と感嘆したような声を漏らした。体重をかけて抱きしめられ、ミカも反射的に両腕をアルベルトの背中に回す。するとさらにぎゅっと強く抱きしめられた。

「ミカ、ミカ、私の妻……。この日を待っていた。はじめて会ったときからずっと……」

耳元に熱っぽい言葉を囁かれ、ミカは「私も」と言いたくなった。けれど緊張のあまり喉がカラカラに渇いていて声が出ない。掠れた吐息しか唇から吐き出せなかった。

アルベルトの唇が首に押し当てられる。じん、とそこが熱くなった。唇は頬に移り、またくちづけてきた。こんどは舌が唇を割り、歯列をこじ開けて口腔《こうこう》に入ってくる。驚いてアルベルトの舌を追い出そうとしたら搦《から》め捕《と》られ、ぬるぬると擦り合うような動きになってしまった。その異様な感触は、すぐに心地いい感覚になり、ミカは自覚がないままにこれが好きになった。

アルベルトが唇を離そうとすると追いかけて両腕で頭を抱き込む。夢中になって舌を絡めているミカに、アルベルトが目を丸くしながらも苦笑して離れないでいてくれることにも気づかなかった。

くちづけたままでアルベルトがミカのローブをはだける。膨らみのない胸に、アルベルトが両手を滑らせた。剣を振るう手だ。皮膚が分厚く、固くなっている。強く擦られたらそれだけで痛くなりそうだったが、アルベルトはものすごく優しく触れてくれた。

胸の突起を指先が転がす。むずむずするくらいのなんでもない感覚が、しだいにむらむらするあやしい衝動へと変化していった。無意識のうちに首をのけ反らせたら、深くまさぐり合っていた唇が離れた。

「あ……」

口のまわりが、二人の唾液でびしょ濡れになっている。舌で唇をぐるりと舐《な》め、口腔に溜まっていた唾液もろともごくんと飲んだ。カラカラに渇いていた喉が、いくぶん潤う。

「ミカ……」

それを見ていたアルベルトの瞳が、熱っぽく光る。ふたたび顔を伏せてきたアルベルトは、こんどはミカの胸にくちづけてきた。

「あっ」

突起をちゅっと吸われて鋭いなにかが体を貫く。何度もちゅうちゅうと吸われ、そのたびに体を捩《よじ》ってしまうほどのなにかが生まれた。それが快感なのだと気づいたのは、いつのまにかミカの股間が猛っていたからだ。

「ミカ、感じてくれたのか」

声を震わせて感動したようにアルベルトがそれに触れてきた。髪とおなじ金色の陰毛に覆われた性器は、アルベルトの手の中にすっぽりと入ってしまうくらいのサイズだ。見られたうえに握られてしまい、ミカは羞恥のあまり泣きそうになり、逃げ出したくなった。

しかしピニの言葉が脳裏によみがえる。拒んではいけない。もうこの人の妻になったのだ。しかも理不尽なことをされているわけではない。ぎゅっと目を閉じて、四肢から力を抜く。

アルベルトはミカの性器を加減しながらゆるゆると扱《しご》き、胸へのくちづけを続けた。胸と股間は繋がっているのか、両方を同時に弄られるとわけがわからなくなってくる。演技など必要ないくらいにミカは喘いでしまっていた。勝手に両足が開き、そのあいだにアルベルトが腰を入れてきたことにすら気づかない。

「ミカ、香油を使うぞ」

アルベルトが親切にも予告してくれたのに、自分の快感でいっぱいいっぱいのミカは、意味がよく理解できなかった。だから枕の下から小瓶が取り出され、とろりとした液体が股間に垂らされたときはギョッとした。

ふわっと甘い香りが寝台に広がる。アルベルトが両手を使って、香油をミカの股間全体にぬるぬると広げた。はじめての感触が気持ち悪い。こんなにぬるぬるにしないといけないのか、と抗議したくなったが、本人の意志に反してミカの性器は勃起したまま香油でいやらしく光っていた。

アルベルトの指が尻の谷間に滑り込んできた。そこにも香油を広げようとする。ミカは恥ずかしくてたまらなかった。男の自分はそこでしかアルベルトと体を繋げられないと知っていても、恥ずかしいものは恥ずかしい。

こんな恥ずかしいこと、アルベルト以外とは絶対にできないと確信した。

「指を、まず一本だけ入れるぞ」

いちいち言わなくていい、この唐変木《とうへんぼく》！　とわめきたかったが、口を開けば喘ぎ声になってしまう。ぬるりと後ろに挿入された指は滑るように出し入れされた。痛みはない。指が二本に増やされても違和感だけだった。この分ならアルベルトと体を繋げても激痛に悶《もん》絶《ぜつ》するほどではなさそうだ、とホッとしたとき、暑くなったのかアルベルトが自分のローブを脱いだ。

（えっ？）

筋骨隆々とした肉体が晒される。その股間にそそり立つものを目の当たりにして、ミカは青ざめた。幼児の腕ほどもある黒光りする性器に、絶望しかない。そんな凶器を入れたら、繊細な器官は傷つくに決まっている。やっぱり男同士の子作りは痛い行為なのだ。いくら香油の助けがあっても無理だろう。

しかしあれを受け入れなければ子作りはできないわけで——。

（死ぬ気で我慢するしかない……）

悲壮な決意とともに深呼吸した。落ち着け、と自分に言い聞かせる。たとえケガをしてもアルベルトは医師を呼んで治療してくれるだろう。

「ミカ、指を三本にするから」

さらに指が増やされた。遠慮がちに抜き差しをしていたアルベルトだが、あきらかにそこを広げるような動きに変わった。指がばらばらに粘膜を刺激してくる。なんだか変な感じがして、ミカが眉をひそめたときだった。

「ひあっ！」

ずくん、といままでにない刺激を感じて、ミカは狼狽えた。挿入されている指がなにかをしたのだ。思わず変な声が出てしまった。

「ここか？」

アルベルトが呟きながら、慎重に指を動かす。そこに指が当たった瞬間、「あんっ」とまた鼻にかかった声が出た。どうしてこんな甘ったるい声が出てしまうのか。もう出したくない。そんなところを弄られて気持ちいいなんて間違っている。

花嫁教育で、確かにそこにも性感帯があると教えられてはいたが、嫁ぐのを躊躇わないようにするための嘘だと考えていた。

ミカは両手で口を覆った。それなのに、アルベルトの指が台無しにする。

三本の指がミカのそこを広げながら感じるところをしつこく擦った。

「あっ、あんっ、やだ、ああんっ、あっ」

声が止まらない。尻がびくびくと震えてしまう。香油が足されてもっとぬるぬるのぐちゃぐちゃにされ、気持ちよくてたまらない。いったん萎《な》えかけていたミカの性器は反り返るほどに猛って、先端から露《つゆ》を垂らしていた。

「ミカ、気持ちいいのか？　よかった」

アルベルトがなにか言っているがよく聞き取れない。

「もう、いいか？」

ミカが知らないあいだに指は四本まで増やされていたようだが、痛みはなかった。そこが柔らかく解れるまで、アルベルトがかなりの時間を割いたからだ。勃起したまま我慢に我慢を重ねたアルベルトは、全身を汗でびっしょりと濡らしていた。

「そろそろ、俺も限界だ」

ぬるりと指が出て行く。ぐったりと四肢を投げ出しているミカにあらためてくちづけてきて、アルベルトはミカの両足を抱え上げるとそこに屹立《きつりつ》をあてがってきた。

ぐぬっと先端が押し入ってくる。柔らかくなっていた粘膜は柔軟に広がり、アルベルトを包み込んだ。香油の助けもあり、ゆっくりと、しかし確実に奥へ奥へと挿入される。

苦しかった。圧迫感がすごい。けれど真剣な顔を汗まみれにしているアルベルトを見てしまうと、なにがなんでも体を繋げたいと思う。ミカを求めてくれているのだ。たとえそれが子供目当てだとしても、ミカを妻にと望み、王妃の部屋に住まわせている。アルベルトには真心があった。ミカはそれを信じる。

「あぁっ！」

ぐっと最奥《さいおう》まで剛直が押し進んできて、止まった。全部入ったらしい。めいっぱい広げられたそこはジンジンと痺《しび》れたようになっている。

「ああ、ミカ……」

上体を起こしていたアルベルトが屈み込み、くちづけてきた。そして小刻みに動き出す。粘膜をまんべんなく擦られて、えもいわれぬ快感が沸き起こった。こんなに気持ちいいなんて、信じられない。ミカは背中をのけ反らせ、寝台の敷布を乱した。

「ああ、あぁっ、陛下、陛、あんっ」

「アルベルトと呼んでくれ、ミカ。私の妃」

「アル、アルベル、あーっ、あっ、あーっ」

指で探られていた場所がアルベルトの屹立で抉《えぐ》るように突かれた。押し出されるようにしてミカの性器から体液がほとばしる。快感が極まればミカは射精できるが、その中に子種はない。ミカの体は、そちらでの生殖能力はなかった。だから体液の放出は、すなわち純粋な快感の表れでしかない。

ミカが感じているとわかったからか、アルベルトの動きが激しくなった。寝台は激しく軋《きし》み、香油の甘い香りが体温の上昇とともにきつくなる。アルベルトがミカの胸を愛撫《あいぶ》しながら、奥を深く突いてきた。泣きながら嬌声《きょうせい》を上げ、ミカはまた絶頂に達する。

「ミカ、ミカ、ああ……愛しい、こんなにもあなたが……」

ううっ、とアルベルトが低く呻《うめ》いた。ミカの体内で剛直が震え、大量の体液がほとばしったのがわかった。放出しながらもアルベルトが腰を揺らめかせる。その動きにも感じて、ミカは後ろをきゅっと締めつけた。

「ミカ、もっと欲しいのか。俺も欲しい。何度でも、あなたなら抱ける」

情熱的なくちづけが降ってきて、舌を絡めて応えているうちに、抜かないままで二回目がはじまった。繋がりを解かずに体位を変え、今度は後ろから挑まれた。

「ああ、アルベルト、そこ、して、もっと」

「ここか？　ここだな？」

「いい、いいっ、あーっ、いや、死ぬ、死んじゃう、ああっ」

「愛している、ミカ、愛している」

ちがう角度から逞《たくま》しいもので何度も突かれ、執拗《しつよう》に擦られ、ミカは何度もいかされる。薄い腹がかすかに膨れるまで、ミカはアルベルトに子種を注がれ続けた。

◇

素晴らしい初夜だった。

アルベルトは自分の隣で眠る麗人を陶然《とうぜん》と見つめる。一ヶ所だけカーテンを開けさせた窓から朝日が差し、寝室はすこし明るい。けれど王の寝台は天蓋から下がる薄布で四方を覆われているので、主の安眠を保証する程度には薄暗かった。

その中で、アルベルトは昨日正式に妻になったミカの寝顔を飽きずに見ていた。

金糸のような輝く髪が白い敷布に広がるさまは、一枚の絵画のようだ。目が覚めているときは清廉《せいれん》な表情の印象が強い整った顔も、こうして眠っていると無防備な子供のようで愛らしい。

「ん……」

ちいさく呻いて、ミカが寝具の中で動いた。片手が布団からはみ出る。アルベルトとは造りからしてちがう、華奢《きゃしゃ》な手だ。白くて滑らかで、指先の爪まできれいに整っている。

この手が昨夜、自分の背中にしがみついてきて、幾度か爪を立てた。甘い嬌声が耳によみがえってきて、アルベルトはじわりと顔を熱くする。

まさかミカがあれほど乱れてくれるとは思ってもいなかった。

(よかった……。でもやりすぎたかな)

ミカが感じてくれたことにホッとして、アルベルトはつい調子に乗った。恋い焦《こ》がれていたミカとのはじめての性交に興奮しまくり、何度も何度も求めてしまった。いったいどれくらいのあいだ性交していたのだろうか。

結婚式を終えたあと、まだ日が高い午後からはじめたはずだ。夢中になってミカを抱き続け、気がついたら新妻はぐったりと気を失っていて、寝具は体液と香油でぐちゃぐちゃになっていた。

慌ててベッゼルを呼び、浴室の準備を頼んだ。侍従たちにはミカに指一本触れるなと厳しく命じ、アルベルトが抱いて浴室に運んだ。そのとき、もう真夜中になっていることを知った。ミカは洗っている途中で目を覚ました。けれどぼんやりしてアルベルトに身を任せたままだった。寝室に戻るときも抱き上げて運んだ。ミカはなにも言わなかったので、不満には思わなかったのだろう。

湯浴みをしているあいだに侍従たちが寝台をきれいにしてくれていた。ベッゼルが侍従たちを全員下がらせ、自身も「おやすみなさいませ」と静かに去っていく。

困ったことに、初夜の寝衣は用意されていない。湯上がりに纏っていたローブを脱ぎ、二人は全裸で寝台に入った。じっと見つめてくるミカの頬が、湯であたたまったせいか上気していた。まるで誘われているように見え、アルベルトはミカを抱き寄せ、くちづけてしまった。そうなるともう、性交せずにはいられない。ミカが抵抗しないのをいいことに、アルベルトはまた新妻に愛情を注いで派手に喘がせた――。

ミカはおそらく疲れ果てている。今日はゆっくり休ませてあげたほうがいいだろう、とアルベルトはそっと寝台を降りた。いつまでも見ていたらまた下半身がその気になってしまいそうで危険だ。いくらなんでもこれ以上好き勝手をしたら、人として駄目だろう。

アルベルトは同性を抱いた経験がないうえに、処女と寝たこともない素人童貞だった。自覚がないままにミカに不愉快な振る舞いをしてしまう恐れがあったため、初夜を迎えるにあたって経験豊富なカールに教えを請うた。

カールは最初、「おまえなに言ってんだ？　そんなこと俺に聞くなよ」と呆れたが、アルベルトが真剣なのを知って、しかたなく教えてくれた。

「いいか、前戯は大切だ。入れて出すだけならサルでもできる。でも俺たちは人間だ。ましてや相手は無垢な花嫁だ。しつっっこいほどに前戯をしろ。まず体中にくちづけて、すこしでも反応があるところを見つけたら集中的に吸ったり舐めたりしろ」

「どこでも吸ったり舐めたりしていいのか？」

「いいに決まっているだろ。花嫁は花婿のものだ。髪一本から爪先まで、全部おまえのものだ」

「俺のもの……」

「肝心なのは、自分の欲望のままに突っ走るな、ってことだ。なんなら挿入前に一回抜いておけ」

うんうん、とアルベルトは真面目に頷く。

「おまえのアレが勃起したらどれくらいのサイズになるか知らんが、平常時なら着替えのときにチラ見したことがある。俺には及ばんがそこそこデカい。玄人女には喜ばれるが、処女に挿入するとなると厄介《やっかい》だ。香油を使って、丁寧に解せ。そうだな、指が三本入るまで、時間をかけて解すんだ。我慢できなくなって突っ込むなよ。初夜が血みどろの惨劇になったら嫌だろ。もしそんなことになったら、ミカ殿は二度とおまえに抱かれてくれないぞ」

子供が望めないどころか、夫婦関係が破綻すると脅《おど》されて、アルベルトは震え上がった。

「処女ってのは面倒なんだ。でも一からすべてを教えることができるっていう利点もある。これが俺のやり方だ、って示せばいい。でも優しくしてやれよ。あのきれいな顔が悲しんだり泣いたりするのを、俺は見たくない。まあ、がんばれ」

最後は励まされて、アルベルトは初夜に挑んだのだ。優しくできたかどうかは自信がなかった。しかし気持ちよくさせることはできたと思う。やりすぎたかもしれない、という不安はあったが。

アルベルトがそっと寝室を出て隣の部屋に行くと、ベッゼルが待っていた。

「陛下、おはようございます」

ベッゼルはちらりと寝室の扉を見る。

「王妃殿下はまだお休みですか」

「ああ、その……疲れているようだから、もうすこしゆっくり寝かせておいたほうがいいかと……」

ベッゼルは昨日の午後から今朝までのことを、たぶんすべて把握している。照れくさくてもごもごと喋ったアルベルトに、にっこりと微笑んだ。

「わかりました。ではそのようにピニに伝えておきます。陛下はご朝食をお召し上がりになりますか？」

聞かれてはじめて自分がとても空腹なことに気づいた。よく考えれば昨日は結婚式前に軽く昼食を食べたきり、行為の途中に水を飲んだだけだ。夕食を取らずにあれだけ激しい運動をしたのだから、腹が減って当たり前だろう。

ベッゼルがすぐに朝食の用意をしてくれ、アルベルトは旺盛な食欲を見せてすべてたいらげた。お茶も三杯飲んだ。腹が満たされたところでひとつ息をつき、アルベルトは考える。当初の予定では、今日一日、ミカとゆっくりするつもりで空《あ》けてあった。

しかし、いつもの騎士服に着替え、王の執務室へ出かけることにする。

「今日はお休みのはずでは？　昨日の今日ですよ？」

ベッゼルが引き留めたが、アルベルトは扉一枚向こうにミカが全裸で横たわっていると思うと落ち着かなくて――というか、寝込みを襲ってしまいそうで、逃げるように執務室へと移動した。

いくら妻のすべては夫のものだとはいえ、さんざん性交して疲れ果てて眠っているミカを襲うわけにはいかない。しかも気持ちが浮ついていて、いつもの自分ではないようだ。こんな精神状態でミカのそばにいたら、彼を不快にさせてしまうかもしれない。落ち着くためにも、日常の仕事に戻りたかった。

アルベルトが執務室に現れると、のんびりと書類整理をしていた文官たちが慌てた。

「陛下、今日はお休みのはずでは？」

「……すこし、気になることがあって、来てみた」

文官たちの迷惑になっているらしいと気づいていたが居室に戻ることはできない。アルベルトは急ぎではない書類に目を通すことにして、執務机についた。

そこへカールがやって来た。

「うわ、本当に仕事していやがる」

だれかがアルベルトの予定外の行動をカールに知らせたらしい。「おいおい」と呆れた様子でカールがアルベルトの肩を叩いた。

「なにやってんだよ、アルベルト。初夜の翌朝に新妻を放って、どうしてこんなところにいるんだ。どうした、なにか失敗でもしたのか？」

こそっと小声で聞いてきた。素人童貞と童貞処女の二人が、上手に初夜を乗り切れなかったのかと本気で心配してくれているようだ。揶揄《やゆ》する雰囲気はまったくない。

アルベルトは執務室にいた文官を全員退室させ、内密の話をしやすくした。

「カール、失敗はしていない。おまえの助言のおかげで、滞《とどこお》りなく完遂した」

「それはよかった。だったらなぜ、ここにいる？」

「その……ミカが、王妃が、あまりにも魅惑的で、そばにいると手を出してしまいそうになって困る。マズいだろう？」

「………それのなにがマズいんだ？」

カールの眉間に皺が寄った。

「ミカ殿は正式におまえの妻になった。手を出したくなったら出せばいいだろう」

「俺は加減がよくわからない」

「加減？　なんの？」

「普通は一晩に何回くらいが妥当なんだ？」

「は？」

「あまりにもミカが素晴らしくて、昨夜たぶん俺はやりすぎた。どう見ても俺のほうが体力があるのに、ミカの負担を考慮せず、やりまくってしまった。きっと不愉快にさせてしまっただろう。その上で朝っぱらから寝込みを襲ってはマズいに決まっているだろうが」

アルベルトが真剣に話しているのに、カールはため息をついて「馬鹿だな」と呟いた。

「あのな、もしやりすぎてミカ殿を不快にさせてしまったとしても、逃げてどうする。これから何十年も連れ添う相手だぞ。正面から謝って、許しを請えよ。それで性交はどのくらいの頻度でしていくのか、夫婦で話し合え」

「話し合うのか？」

「話さないとわからないままだろう。その口はなんのためにあるんだ。人間なんだから言葉で意志の疎通をはかれよ」

アルベルトが答えられないでいると、カールが苦笑した。

「とりあえず、俺がミカ殿の様子を見てこようか？　さすがにもう起きているだろう」

「……見てきてくれるのか……」

「大切な従弟殿がはじめての恋に右往左往しているのだから、しかたがない。まったく、一国の王としては立派に務めを果たしているっていうのに、嫁ひとりに――」

ぶつぶつとこぼしながらもアルベルトのために執務室を出て行こうとするカールを、

「ちょっと待て」と引き留めた。

「おまえを信用しているが、ミカの色香に惑わないでくれよ」

「惑わないって。おまえ、本当に馬鹿だな。どんなに美人でも、あの人はおまえの妻だろう。俺はそんなに節操なしじゃない」

「だが……」

「ないない」

あははは、とカールはアルベルトの心配を笑い飛ばして部屋を出て行った。

ミカは赤い唇を尖らせて、ふて腐れた顔のままお茶を飲んでいた。

◇

露台を吹き抜ける風は心地よく、昨夜の荒淫のせいで酷く怠《だる》い体を癒してくれる。

「ミカさま、そんなブス顔をしていたら、そういう顔になってしまいますよ」

ピニがお茶のお代わりをカップに注ぎながら苦笑混じりに言ってくる。ミカは「ふん」とそっぽを向いた。

「いいよ、ブスでも。どうせ私は初夜の翌朝に、夫に放っておかれる程度の花嫁だ」

「陛下はきっと急用がおありだったんですよ」

「だったらひとこと、私に言付けていってもいいじゃないか。ひとりで目覚めさせて悪かったとか、用事を片付けたらすぐに戻るとか、昨晩はよ、よかったとかっ」

自分で言って自分で真っ赤になっているミカを、ピニは「まあまあ」と宥《なだ》めながら、焼き菓子を勧める。半ば自棄《やけ》になってそれを口に放り込み、ミカは行儀悪く噛み砕いた。

昨日は素晴らしい一日だった。結婚式は簡素だったがミカに不満はなく、アルベルトは式典用の騎士服がとてもよく似合っていて格好よかった。

寝台ではアルベルトが情熱的でありながらも優しく導いてくれたので、はじめての性交を無事に終えられた。まさかあれほど快感を得られるとは、思ってもいなかった。

アルベルトの性器はとても立派なサイズだったのに痛みがなかったということは、彼が上手かったということだろうか。

いったいどこで経験を積んできたのか——と考えはじめると、どうしようもなく苛立つ。アルベルトは二十九歳だ。もうすぐ三十歳にもなる健康な男が、未経験のわけがない。過去をどうこう言いたくないので、ミカは気にしないようにしたいのだが、どうしても頭の中でチラつく。

対してこちらは、まったくの未経験で嫁いできた。なにをされても抗《あらが》わず、受け入れようと努力した。だからたぶん、アルベルトを不快にさせてはいないはず。何度も何度もアルベルトがミカを抱いたのは、この体を気に入ってくれたのだと嬉しく思っていた。

それなのに、目が覚めたときミカは寝台にひとりきりだった。どこを探しても、寝室の中に夫の姿はなく、書き置きひとつ見当たらなかった。ミカが起きた気配を察してピニがやって来て、アルベルトが仕事のために執務室へ行ったと聞き、耳を疑った。

今日は仕事を休みにしたはず。新婚ホヤホヤの妻を寝台に放って出かけていくなんて、いったいどんな急用なのか。

王都内で暴動でも起きたのか？　隣国が攻めてきたのか？　この静かな昼下がりの空気を全身で浴びていれば、そんな緊急事態は起こっていないとわかる。

「アルベルトはいつ戻ってくるんだ」

「聞いていません。すみません」

ピニの申し訳なさそうな返答に、ミカはイライラした。

「執務室まで使いを出しましょうか？　陛下に今日のご予定をお聞きして……」

「そこまでしなくていい。どうせ私の顔が見たくなくて仕事に逃げたんだ。私との初夜が気に入らなくて、避けたに決まっている」

「そんなわけはないでしょう。わたくしは隣室で待機していましたが、陛下はそれはそれは夢中になってミカさまを求めておいでだったではありませんか」

「言うな、思い出すな！」

ピニだけでなくベッゼルやその他の侍従たちが交代で、なんらかの思わぬ事態に備え、隣室で毎晩不寝番をすることは知っている。王を守るためには、そのくらい当然だ。昨夜もそうしていたことくらい承知していたが、真っ昼間にその話題を持ち出されては冷静でいられない。

「記憶から抹消しろ」

「できないことを命じないでください」

ピニは「そうだ」となにかを思いついたように両手を打ち鳴らした。

「きっとあれですよ、陛下はミカさまのそばにいると愛しさのあまり性交したくなって困るので、冷静になるためにいったん離れたのではないですか？」

「そんなくだらない理由が思いつくなんて、ピニは賢いな」

嫌みで返したミカは、それがじつは正解だったなんて思いもよらない。

「王妃殿下」

王妃専属の護衛である親衛隊員が露台に顔を出して、カールが来たことを告げた。ちょっとした様子伺いかなと、ミカは通すように命じた。

やがて王妃の部屋を通り抜けて、露台に茶褐色の髪と瞳をした偉丈夫が現れる。アルベルトと顔は似ていないが、体つきは共通点が多い。夫に酷似したシルエットが切なくて、ミカは視線を逸らす。

「王妃殿下、こんにちは。ご機嫌はいかがですか」

なんの憂いもなさそうなカールの明るい声にため息をつきそうになったが、ミカはそれを飲み込んだ。

「今日もよい天気です。お茶でも一杯いかがですか」

がんばって笑みを浮かべ、ミカはカールを誘った。すぐにピニが椅子をもう一脚運んでくる。ちいさなテーブルを挟んで、ミカはカールとお茶を楽しんだ。表面上は。

心の中では、こんなふうに夫と過ごしたいと思っている。

「昨日の婚礼衣装は素敵でした。王妃殿下の美しさは——」

カールは調子よく昨日のことを話している。ときどき相槌《あいづち》を打ちつつも、ミカは半分も聞いていなかった。

カールならアルベルトがいまどこでなにをしているのか知っているだろうか。本当に執務しているのか。聞いたら教えてくれるだろうか。そんなことをとりとめもなくぐるぐると考えてしまう。

ふと気づくと、カールが無言になっていた。じっと見つめられていたことを知り、ミカはバツが悪くて俯《うつむ》いた。

「王妃殿下、たった一晩で変わられましたね。悪い意味ではなく、一皮むけたような、あたらしい美しさを手に入れられたように見えます」

よくわからない。ミカ自身は、昨日となにも変わっていないつもりだ。

「意味がわかりません」

「もともとお美しかったのに、陛下に溢れるほどの愛情を注がれて、さらに内側から輝くようだと言いたかっただけです」

「……そうですか」

容姿を褒められているのだろう。ミカにとってそれは聞き飽きた言葉だ。アルベルト以外の男に言われても、なにも響かない。とりあえず頷いておいた。

「王妃殿下、この王城内は自由に歩いてくださってかまいませんが、くれぐれもひとりにならないようにしてください」

城に来たときから注意されていることを、いまあらためて言われる意味はなんだろう。

「ひとりで出歩くことはありません。私はまだ王城内に詳しくありませんし」

「詳しくなってもひとり歩きは禁止です」

カールはそうミカに念を押し、「では、これで失礼します」と露台から部屋へと歩いていく。その途中でピニを手招き、部屋の隅で待機している親衛隊員とまとめて、なにやら指示を与えている様子だ。話している内容までは聞こえない。

カールが去っていってから、ミカはピニを手招きした。

「隊長はおまえになにを言っていったんだ？」

「ミカさまは陛下のご寵愛《ちょうあい》を受けた結果、ただ美しいだけでなく匂い立つほどの色気を纏いはじめているので、後先を考えない愚かで不埒《ふらち》な輩《やから》が近づかないとも限らない。これまで以上に厳重に警護せよ、と命じられました」

「それ、隊長は本気で言っていたのか？」

「とっても本気だと思います」

「………そう」

ピニがカールの言葉を微塵も疑っていないようなので、ミカはなにを言っても無駄だろうと放っておくことにした。自分は確かに美しい部類に入る容姿をしているだろう。けれど色香とはなんだ。そんなものはあったためしがない。カレルヴォにはよくガサツなヤツだと呆れられていたくらいだ。

「みんな頭がおかしいんじゃないか」

匂い立つほどの色気があったら、アルベルトは新妻を放って仕事なんかしないだろう。やはりカールに、アルベルトの所在を聞けばよかった。彼ならきっと正確なところを答えてくれていたにちがいない。こんなふうに悶々《もんもん》とするくらいなら——。

「ああもう、やめだやめ。もうアルベルトのことなんかどうでもいい。辛気くさい顔をしていたら、本当に辛気くさくなる。ピニ、私の竪琴を持ってきてくれないか。気晴らしに弾きたい」

ピニが嫁入り道具の中から竪琴を出してきてくれる。それを膝に抱き、ミカは弦を爪弾きはじめた。ああ、これこれ——とミカはホッとする。この国に来てから慌ただしくて、弦に触れていなかった。露台で風に吹かれながら竪琴を奏でていると、ささくれ立っていた心が凪《な》いでいくのがわかる。

ときおり歌も口ずさみ、ミカは午後をそうして過ごした。

その日、夕食前になってからやっとアルベルトが部屋に戻ってきた。扉一枚で繋がっている王妃の部屋でその気配を察したミカは、そわそわと落ち着かなくなった。

今日一日ずっとほったらかしにしていた詫《わ》びに、夕食をいっしょにとらないかと誘いがあるかもしれないと思ったからだ。アルベルトとは初日の食事会以外で、飲食をともにしていない。ミカはいつも自分の部屋でピニと城の侍従たちに給仕してもらって、ひとりでとっていた。

どこの国も国王と王妃は別々に食事をしているのかもしれないが、ミカはできればだれかとちょっとしたお喋りをしながら楽しく食べたい。島の宮殿では、毎食、ほかの花嫁候補の女の子たちと食堂でとっていた。食事の作法は別に講習日が決められていて、そこで講師から教えてもらうという形だった。

ピニが「そろそろ夕食にいたしましょうか」と声をかけてきたとき、ミカは「もうすこしあとでいい」と断った。

（あの男の食べ方は、ものすごく上品というわけではないが、粗野ではなかった。辺境育ちだからか、料理を噛みしめて味わうような感じで……）

食事会のときの様子を思い出し、ミカはお気に入りの詩集を読みながら時間を潰した。

しかし、ミカの腹が空きすぎて変な音を発しはじめても、隣の部屋からの使いは来ない。

王妃がいつまでも夕食をはじめなければ、とうに用意が整っている厨房の者たちが困るだろう。そのくらいミカにだってわかる。ピニがついに困った顔でミカの前に立ったので、食事をすることにした。

いつものようにひとりきりで、しかしいつもよりかなり遅い時間に食べたあと、がっかり感を滲《にじ》ませながら湯浴みをする。

美肌効果があるという香草のオイルを全身に塗られ、さらに髪に艶《つや》が生まれるという馬の毛のブラシで手入れしてもらった。ピニはミカの美を保つためなら労力を惜しまない。非常に熱心に、嬉々《きき》として取り組んでいる。ミカはピニのやりたいようにさせていた。おかげでいつも艶々のぴかぴかだ。

「昨日の疲労がミカさまのお肌に残らなくてよかったです。荒淫は美容の大敵だといいますからね。わたくしが日頃から丁寧にお手入れをしているからですよ」

「いつもありがとう」

「いえいえ」

ピニは満足そうにニッコリ笑って、「おやすみなさいませ」と王妃の寝室を辞していった。

今夜はきちんと寝衣を着ている。ミカは寝台に上がり、ぱたりと横になって天蓋を見上げた。王の寝台より一回りほどちいさく、細部にほどこされた彫刻も異なっている。寝台横のランプの炎がゆらゆらと揺れ、幻想的ともいえる影を作り出していた。

アルベルトのことを、どうしても考えてしまう。昨日はあれだけ情熱的に抱いてくれたのに、今日のそっけなさはどうだろう。一度も顔を見ていない。もしかして、ミカのほうから積極的に訪ねていったほうがよかったのだろうか。

（いや、それでは私があの男に媚《こ》びているようではないか）

下手には出ないぞ、とミカは心に決める。結婚式を挙げて、初夜を済ませたからといって、頼るものがアルベルトだけと思い上がってもらっては困る。こちらはいつでも島に帰れるのだ。我慢ならないことが起これば、ピニを通じてカレルヴォに訴えればいい。そうすればアルベルトとこの国に天罰が下り、ミカは結婚を解消してここを出て行く。

アルベルトだけが男ではない。きっとどこかに、もっとミカを求めてくれる人がいるはずだ。もっと優しくて、もっと尽くしてくれて、もっと金持ちで、もっと鬱陶しいほど愛を囁いて――。

不意に涙がこみ上げてきて、ミカはくすんと鼻を啜った。

寂しい。今日はずっと寂しかった。アルベルトにそばにいてほしかった。声を聞きたかった。明日は顔を見せてくれるだろうか。次はいつくちづけてくれるのだろうか。あの逞しい腕でもう一度痛いほどに抱きしめてくれるのは、いつだろうか。

そんなことばかりくよくよと考えているせいか、それとも昼まで寝ていたせいか、なかなか睡魔が訪れてこない。眠れなくて何度目かのため息をついたときだった。

キイ、とかすかに扉が開く音がした。まさかと上体を起こし、耳を澄ませる。パタンと扉が閉じる音が聞こえた。王の寝室に繋がる扉を注視していると――。ローブを纏ったアルベルトが姿を現した。薄暗い寝室をゆっくりと横切り、寝台に近づいてくる。

真顔のアルベルトはじっとミカを見つめ、「やあ」とぎこちない笑みを浮かべた。驚きのあまり唖然としてなにも言えないでいると、アルベルトは寝台の端に腰掛けた。

「その、今夜もあなたを抱いていいだろうか」

ムードもへったくれもない、ずいぶんとまっすぐな質問だ。一日放っておきながら、夜になったらやらせてくれと言いに来るなんて――と、ミカは腹が立った。

「昨日、あまりにも長時間あなたの要求に応えたので、まだ疲れが取れていません」

ツンケンと言ってやったら、「そうか」とアルベルトが腰を上げて背中を向けた。慌ててローブを掴み、ミカは付け加える。

「疲れていますが、できないとは言っていませんっ」

「そうか」

アルベルトがふたたび寝台に座ってくれたので、胸を撫で下ろす。すぐにハッと我に返った。なぜ引き留めたのか。図々しい夫がすごすごと寝室を追い出されていく姿を見れば、溜飲《りゅういん》が下がっただろうに。

アルベルトがローブの胸元から小瓶を取り出し、枕の近くに置いた。例の香油だ。

「こちらの寝室には用意されていないかもしれないと思って、持ってきた」

アルベルトが照れくさそうな顔をした。その表情に、なぜか胸がきゅんとする。

「ミカ、今日は露台で竪琴を弾いたそうだな」

「はい、気持ちのよい天気だったので」

「歌も聞こえたと、親衛隊員から報告を受けた」

アルベルトは俯いて、「私も聞きたかった」と呟いた。だったらそばにいればよかったのに、と文句を言いかけたが、言えなかった。アルベルトがいきなり抱きしめてきたからだ。押し倒され、のし掛かられ、くちづけられる。ぎゅっと痛いほどに抱き竦められて、ミカはあっというまに夢見心地になった。

アルベルトの手が性急にミカの体をまさぐり、寝衣を剝《は》ぎ取っていく。露になった白い胸には、昨日の情交のあとがくっきりと残っていた。そこにアルベルトが唇を寄せて、吸いあとを重ねていく。強く吸われ、舐められ、ぞくぞくとした感覚にミカはのけ反る。

もうこれが快感だとわかっているミカの体は、勝手に両足を開いていた。アルベルトの腰がすかさずそこに入り、すでに固くなっているものを押しつけてくる。

二人とも一糸纏わぬ姿になって、四肢を絡ませた。アルベルトの唇の感触が気持ちいい。固い腕が気持ちいい。ずっしりとした重みが気持ちいい。夫の頭をかき抱き、黒髪をかき混ぜた。胸の尖りに歯を立てられて嬌声がこぼれる。

股間に香油が垂らされたときには、ミカも興奮してそこを勃たせていた。アルベルトが股間同士をくっつけてぬるぬるといやらしく腰を動かす。それが変に気持ちよくて、ミカは「もっと」と両足をアルベルトの腰に巻きつけた。

「ミカ、ミカ……」

何十回、何百回も名前を呼ばれた。後ろを指で解されている最中に一度目の絶頂を迎え、体を繋げたときに二度目があった。ミカは自覚がないままに、一日中、アルベルトとの触れ合いを待っていたのだ。体の深いところで繋がり、夫の剛直で柔らかな粘膜を擦られると、喜びのあまり涙が出た。

「アルベルト、ああ、ああっ」

「ミカ、愛している」

愛の囁きに胸がいっぱいになり、求められるままに何度でもミカは応えた。放っておかれた寂しさはあとかたもなく消えていた。

新婚二夜目は、こうして王妃の寝室で愛の交歓が行われ、またしてもミカは精も根も尽き果ててアルベルトに事後の世話をされることとなった。

そして翌朝、目覚めたミカは、またしてもひとりきりにされていた。

体を起こして呆然とする。昨夜の出来事は夢だったのか？　アルベルトのことを思うあまりに淫夢でも見たのか——と疑ってしまうくらいに、アルベルトがいた形跡がない。

しかし寝台を降りようとして体を動かすと、腰を中心にして甘怠い感覚がある。後ろにはなにか太いものが挟まっているような違和感があった。

「ミカさま、おはようございます」

ピニが寝室に入ってきて、窓を覆っていたカーテンを次々と開けていく。明るい朝日が差し込んできて、ミカは「ふむ」と考える。

「ピニ、アルベルトはいつ自分の部屋に戻った？」

「一刻ほどまえです。ミカさまをお起こししなくてもよい、とのことでしたので、声をかけませんでした」

やはりアルベルトはここに来て、ミカを抱いて、朝まで過ごしたのだ。

「……ほかになにか言っていた？」

「王妃の寝室にも香油をいくらか用意しておくようにと言われました」

「香油……」

つまりアルベルトはミカを抱くことに意欲的で、今後も香油を消費するつもりなのか。

「ピニ、あの男は私のことをどう思っているのだろう」

「心から愛しいとお思いでしょうね」

さらっと言われ、ミカは目を剝《む》いた。

「そんなわけがあるか。この扱いはなんだ。あいつは私を、子供を産む道具だとしか思っていないぞ。抱くだけ抱いて放置なんて！」

「陛下は執務がお忙しいのですよ。きっとそのうち時間をつくってミカさまと遊んでくれます」

「遊ぶとはなんだ、私は年端のいかない子供ではないっ」

「だったら陛下のお気持ちをきちんと汲み取ってください。あれだけ最中に愛を囁かれておいて疑うなんて」

「さ、囁かれ……って、おまえ」

「陛下はずーっとミカさまの美しさを讃え、愛していると囁き続けていたではありませんか。陛下がただの色好みであれば、あんなに何十回もミカさまの名前を呼ばないでしょうし、愛の言葉もせいぜい形式的に一回か二回囁く程度でしょう。なにを怒っているのですか」

ピニは呆れた顔をしつつも、てきぱきとミカの着替えを出している。

「子供のくせに生意気だぞ！」

「確かにわたくしはまだそれほど生きていません。しかし、だからこそ色眼鏡で物事を見ずに、真実だけを見分けられるのかもしれませんね。事後の寝具の汚れ方とミカさまの消耗の仕方を見れば、どれほど陛下が愛情をもって挑まれているかわかります」

さあ着替えましょう、と号令をかけられ、ミカはしぶしぶ寝衣を脱いだ。

ピニの言葉はまちがっていないのだろう。アルベルトはミカを大切に抱いてくれるし、愛の言葉もたくさんくれる。それでもミカは不満なのだ。昼間も会いたい。もっと話をしたい。そう思うのは、欲張りなのだろうか。

「ミカさま、寝室から出たら、仏頂面はやめてくださいね。その顔、美しくないですよ」

「美しくなくて結構だ。私は機嫌が悪い」

「わかりました。ベッゼルさんに頼んで、陛下に伝言してもらいましょう。ミカさまの機嫌をとってもらいたいので顔を出してくださいと」

「そんなことしなくていい、するな！」

アルベルトが多忙なのはまちがいないのだ。一国の王が暇であるはずがない。ちいさな島をまとめているだけのカレルヴォですら、いつも忙しそうだった。

「どうせ夜になったら私に会いに来る。せいぜいもったいぶってやろう」

「もったいぶるのですか？　へぇ」

「なんだその、どうせできないでしょうね、みたいな目は」

「だってできないでしょう？　そんな高等技術」

「決めつけるな」

「抱きしめられただけで硬直しているミカさまには無理ですよ」

「どうして知っているんだ。見たのか？　おまえ、主人の夜の生活を覗き見しているのか？」

「覗き見なんかしていませんよ。聞いているだけです」

「おなじだっ。記憶から抹消しろ！」

「だからできませんって、そんなこと」

「努力すれば――」

「さあ朝食にしましょう。昨夜は激しい運動をされましたから、空腹でしょう？」

「そんなことは」

ない、と言おうとしたミカの腹がぐうぅと鳴った。無言で服を着替え、ミカは寝室を出る。そこに用意されていた、やや多めの朝食をぺろりと平らげたのだった。

◇

露台で奏でられている竪琴の音色に耳を傾け、アルベルトはうっとりと目を閉じた。

演奏者はもちろんミカだ。芸術に一切の関心がなかったアルベルトは、島の宮殿でミカに会うまで、音楽というものにまともに触れてこなかった。叔父に城を追われた五歳の頃までは、そういう機会があったはずなのだが、森の砦に音楽はなかった。

島の宮殿の庭でミカが奏でる竪琴の音に衝撃を受けたときのことを、アルベルトはたぶん一生忘れないだろう。美しい人の指からは、美しい音が出るのだと知った。竪琴の弾き方をすこしだけ教えてもらったが、自分にはまったく才能がないことも知った。

あのときのように、ミカの演奏を間近で聞きたい。こんなふうに露台の真下の部屋で、窓を全開にして身を乗り出すようにして音を拾っているなんて、ミカに知られたくなかった。

「アルベルト、またここか」

背後からカールに声をかけられて、アルベルトは舌打ちした。執務室をこっそり抜け出してきたのだ。護衛の親衛隊員がすぐに気づいて追いかけてきたが、同時に隊長に知らせたのだろう。

「そんなに聞きたいなら、王妃殿下に頼んで目の前で弾いてもらえばいい。こんな盗み聞きのような真似をしなくても」

「それはまあ、そうなんだが……」

言葉を濁し、アルベルトは窓際から離れた。カールが窓を閉めて施錠してくれる。

「夫婦仲が上手くいっていないのか？　おまえたち、ほぼ毎晩やっているだろう。王妃殿下が身籠るのも時間の問題だと、侍従たちとピニがキャッキャと噂していたぞ。毎晩くんずほぐれつやっておいて、演奏を聞きたいのひとことが口にできないなんて馬鹿なことは言わないでくれよ」

その馬鹿な状態に陥っているアルベルトは、むっと口を歪めた。

結婚式からすでに二週間ほどが過ぎていた。アルベルトはミカに夢中だ。どっぷりと溺れている。

「言えたら苦労はない。ミカの前に出るとまともに話ができなくなってしまうんだ。本当はもっと交流したい。食事だっていっしょにとりたい。仕事の合間にお茶だってしたい！」

内心を吐露したアルベルトに、カールは「落ち着け」と宥めるように肩を叩いてくる。

「ミカのそばに行くと頭に血が上って、なにも言えなくなってしまう。さらに困ったことに、抱きたくなってしまう。節操のない自分の体が恨めしい！」

「まあ、新婚だからな」

「明るい昼間は顔がはっきり見えて正視できないから、薄暗い寝室ならばミカの美しさが緩和されて話ができると思っても、手を伸ばせば届くところにミカがいると抱きしめずにはいられない。抱きしめたらくちづけずにはいられなくて、結局は性交するのみになってしまう。夜は駄目だ。わかっていても、毎晩、今度こそは話をしたいと挑んでみる。でも理性が負けてしまう。そこに寝台があるから。そこにミカがいるから！」

「そこに山があるから、みたいに言うなよ」

カールに促されて執務室に戻ることにした。長い廊下を、二人は肩を並べて歩いた。その後ろに護衛の親衛隊員がついてくる。

「このままではミカに嫌われてしまう。いや、もう嫌われているだろうな……。まともに会話もしないのに性交ばかりしていては……」

アルベルトがため息をつくと、カールは「そうでもないだろ」と楽観的な見解を示してきた。

「王妃殿下は夜の営みを嫌がってはいないんだろう？　昼間、ときどき俺は王妃殿下の様子を見に行っているが、顔色がよくて機嫌は悪くなさそうだぞ。まともに会話がないっていっても、体で会話はできているってことなんじゃないのか。しかもとびきり濃厚な」

ニヤッと笑ったカールはいやらしい目をしている。ミカの妖艶な姿を想像していると察して、アルベルトはカールの足を蹴飛ばした。

「下品な想像はするな」

「想像しただけでそれらしいことは言っていないだろうが」

「想像だけでも駄目だ。ミカが汚れる」

ははは、とカールが声を立てて笑った。笑いながら、ふと思案するような目をして、

「そういえば」と話題を変えてきた。

「王妃殿下の周辺にラルスが出没しているらしいぞ」

「ラルスが？」

ベルマンの甥のラルスは、宰相補佐候補として勉強中だ。毎日忙しくしているはずで、王妃の近くに行かなければならない用事などない。

「そうなんだろ？」

カールが足を止めて背後に呼びかける。後ろを歩いていた親衛隊員は「はっ」と返事をして立ち止まった。

カールが率いている親衛隊は、王族の護衛が主な仕事だ。ミカが来るまではアルベルトだけを守っていたが、いまはミカの護衛もしている。三交代制で二十四時間、欠かさずミカを守り、その動向はすべてカールに報告された。アルベルトの耳に入れたほうがいいと判断した事柄は、文書にまとめて提出してもらうことになっていた。

ラルスのことはまだ知らされていない。

「今夜にでも文書にまとめて、明日提出しようと思っていたんだが」

カールが言うには、ラルスはミカが庭園の散歩をしているときや、城内に飾られた絵画や彫刻などの美術品を鑑賞しているときなどに、偶然通りかかって話しかけるらしい。

「この二週間で四回だ。たぶん偶然ではないだろうな」

カールの意見に、親衛隊員も頷く。そばで見ていた親衛隊員が、ラルスは故意に近づいていると感じたのならそうなのかもしれない。

（ラルスか……）

アルベルトはもやもやとした複雑な気持ちになって黙り込んだ。ラルスにわずかながら劣等感を抱いている自分に、アルベルトは気づいている。

辺境育ちの自分とはちがい、貴族の子として都会でまともな教育を受け、ベルマンが宰相補佐に育てようと思うくらいには頭がいい男だ。自分とは真逆のタイプのラルスに、ミカがどんな感情を抱いているのか——気になった。できればミカに近づいてほしくない。

「ラルスを問い質したのか？」

「いや、まだだ。偶然だと言い張るに決まっている。こちらも故意に遭遇しているという証拠もない。なんの目的で王妃殿下に近づこうとしているのか、調べてみたほうがいいかもしれないと思っている。いいか?」

カールに問われて、アルベルトは「任せる」と答えた。

寄り道せずにまっすぐ執務室に戻ると、ベルマンが厳しい顔で待ち構えていた。

「陛下、どこへ行っていらしたのですか」

「ちょっとぶらぶらしていた」

「どうせ王妃殿下の竪琴でも聞きに行っていたのでしょう?」

「どうして知っている」

「どうして知られていないと思っているのか不思議です」

うっ、とアルベルトは言葉に詰まる。確かに仕事中、執務室をたびたび抜け出していたら文官たちはすぐ気づくし、行き先は護衛の近衛隊員を問い質せば判明する。

「息抜きをしたいならひとこと、文官に伝えていってからにしてください。いきなり姿が見えなくなったら何事が起きたのかと心配します」

ベルマンの背後には件《くだん》のラルスがいた。いつもの無表情で、ちらりとアルベルトを見る目には、敬意もなにもない。自分が敬われていないことは流せても、ミカに関することは看過できない。ミカは大切な妻なのだ。

「悪かった、ベルマン。なにか私に用があったのか?」

「普通に仕事です」

ベルマンが目を吊り上げながら書類の束を差し出してきた。無断で抜け出したのは事実なので、アルベルトはその後、粛々と仕事をしたのだった。


ある朝、アルベルトはうっかり寝過ごした。

目が覚めたとき、カーテンで覆われた窓の外から、かすかに小鳥の鳴き声が聞こえていた。うっすらと朝日も差し込んでいる。かたわらで眠るミカはまだ夢の中のようで、とりあえずは安堵した。

昨夜も王妃の寝室でミカと過ごした。結婚してからもうすぐ一ヶ月になるが、ミカを抱かなかった夜はない。もうすっかりミカの体はアルベルトに馴染み、くちづけだけで柔らかく解けてくれる。アルベルトの愛撫に陶酔《とうすい》するミカは、昼間とはまた違った美しさでこちらを虜《とりこ》にしようとしてくるから大変だ。

寝台に入ってすぐは恥じらいながら身悶《みもだ》え、やがて快感に溺れて淫らに喘ぎ、泣きながら縋りついて甘えてくれるミカがたまらない。起きているときはややそっけない態度でいるから、余計にその差がアルベルトの心に刺さってくる。

昨夜も素晴らしい時間を過ごした。ミカは寝衣を着ている。行為のあと、浴室で体をきれいにしてから寝衣を着せるのは、アルベルトの役目になっていた。もちろんアルベルトも着ている。

（可愛い……私のミカ……）

ミカが目覚めるまえに自室に戻りたいのだが、寝顔が可愛らしすぎて離れがたい。うっすらと開いた熟れた果実のような色の唇が、これまた美味しそうだ。くちづけたい衝動がこみ上げてきて、苦しいため息をつく。

（やはりミカの寝姿を眺めていると危ないな……）

ミカの寝衣の胸元がすこし乱れて、鎖骨が見えていた。そこに赤い鬱血《うっけつ》がチラ見えしていて、アルベルトは視線を逸らす。自分が吸ったあとだ。

（マズい、ムラムラしてきた）

そのとき、ぱち、とミカの目が開いた。アルベルトを見つけ、目が真ん丸に見開かれる。驚くのは当然だ。朝になってもアルベルトが寝台にいたことは、はじめてなのだから。

「おはよう」

黙っているのも変だと思い、とりあえずミカに声をかけた。ミカは何度か瞬きをしたあと、碧い瞳を忙しなく動かして寝室中を見回し、またアルベルトを見る。

「おはよう、ございます」

寝起きのちょっと掠れた声がいい。ぐわっと体からなにかが爆発しそうになった。

「寝起きに申し訳ないが、くちづけてもいいか」

我慢できなくてそんなことを口走っていた。えっ、とまた固まったミカは、じわりと顔を赤くした。拒むことなくちいさく頷いてくれたので、アルベルトはいそいそと金色の髪に指を絡めながら顔を寄せる。触れるだけ、重ねるだけにしておくつもりだった。しかし愛する妻の唇の感触があまりにも蠱惑《こわく》的で、アルベルトはついつい舌を差し込んで深くまさぐってしまった。

ミカの舌は柔らかく動き、アルベルトに官能を与えてくれる。唾液の甘さに酩酊《めいてい》状態になりそうだ。アルベルトは断腸の思いで唇を離した。ミカの碧い瞳が情欲で濡れている。きっと自分の目も似たようなものだろう。

「あっ……」

身動《みじろ》いだミカが、アルベルトの股間が猛っていることに気づいた。ミカの下腹にごりごりと押しつけたくなるのを我慢して、腰を引く。

「朝からすまない。こういうことになるとわかっていたから、いままでミカが目覚めるまえに寝台を出るようにしていた」

「そうだったのですか」

驚いた顔になったミカは、顔を赤くして視線を泳がせている。可愛い。猛烈に可愛い。

「あなたのそばにいると、私はどうしても劣情をもよおしてしまうので、そういう事態にならないように気を遣っていた」

「そんなに私の体を気に入りましたか」

「何度も言ったはずだ。愛していると。体だけではない」

アルベルトはミカにもう一度くちづけた。心をこめて。

誤解は正しておかなければならない。いや、誤解させるような言動をしてしまった自分が悪いのだが。

「もちろんあなたの体は素晴らしいが、私はあなたのすべてが愛しい。執務がなければ、一日中でもこうして二人で寝室にこもっていたいくらいだ」

「……本当に？」

おずおずと尋ねてくるミカの瞳が潤んでいる。アルベルトの言葉を喜びとともに受け止めてくれているのがわかり、愛しさがかき立てられた。

「ずっと、朝はひとりで目覚めていたので、なにか私に落ち度があるのか、アルベルトが私と一緒にいるのが嫌なのか、それともこの国の習慣なのか、わからなくて悩みました」

「それはすまなかった」

アルベルトはミカの手を引いてともに上体を起こした。きちんと向かい合って、碧い瞳を見つめる。

「あなたが愛しい。嘘偽りのない、私の本心だ」

「アルベルト……」

「あなたを抱くのは、愛しいからだ。子供が欲しいからだけではない」

白い手をぎゅっと握る。ミカがはにかんだ表情で俯いた。もしかして、まだ寝惚けているのかもしれない。いつもより殊勝な態度で、非常に可愛い。

「今後も私はあなたが起きるまえに寝台を抜け出して自分の部屋に戻るだろうが、それはその日の予定をつつがなくこなすためだから、理解してくれ。王が愛欲に溺れて執務を蔑《ないがし》ろにしてはいけない」

「愛欲……」

ミカが耳まで赤くなった。そこで扉がノックされて、ピニが「おはようございます」と顔を出した。声が聞こえたので主が起きたとわかったのだろう。

「陛下、おはようございます」

王妃の寝室にアルベルトがいても、ピニはあまり驚いていない。アルベルトが自室に戻った気配がないことを知っていたにちがいない。この少年の世話係は非常に優秀だ。

「それでは、ミカ、私は部屋に戻る」

「あ……」

ミカがアルベルトの寝衣の端を摑んで、なにか言いかけた。

「なんだ？」

「……なんでもありません……」

言いたいことがあるなら遠慮なく言ってほしい。しかしピニが次々とカーテンを開けはじめたので寝室の中は明るくなっている。寝衣を着ているとはいえ乱れた胸元や、寝具からはみ出した白い足が目に毒だ。体がのっぴきならない状態になるまえに、退散したほうが得策だろう。

「また今夜」

名残惜しく振り返りながらも、アルベルトはそそくさと王の部屋に戻ったのだった。

◇

「どう思う、ピニ?」

アルベルトが去っていった扉を見つめ、ミカは寝台の上で胡座《あぐら》をかいた。

「ミカさま、お行儀が悪いですよ。もう寝台から出て、着替えてください」

「なあ、どう思う? アルベルトはあんなことを言っていたけど、信用していいのかな。愛しいとか言われて、ついぼうっとしてしまった」

「嘘ではないと思います」

てきぱきと朝の支度をしながらピニが答えた。ぜんぜん親身になっていない返事に、ミカはムッとする。

「私は真剣に聞いているんだけど」

「わたくしも真剣に、着替えてくださいとお願いしています」

「はいはい」

夫に愛されすぎて怠い体を寝台から出した。「よいしょ」と二本の足で立つ。この一ヶ月でずいぶんと抱かれることに慣れた。毎晩アルベルトが丁寧に前戯してくれるおかげで、一度もケガをしたことはなかった。

日に日に快感が強くなっていくようで、ミカはときどき怖くなる。けれどアルベルトに抱きしめられて求められたら期待で体が疼《うず》くのだ。あの立派な一物で体の奥深くを抉られて突かれて蕩《とろ》けるような快楽を味わいたいと思ってしまう。

早く身籠らないと、大変なことになりそうな予感がしていた。

アルベルトに抱いてもらわなければ眠れなくなりそうだ。もし飽きられて抱いてもらえなくなったら、もっと最悪な事態が待っている。彼がいなければ生きていけなくなってしまうかもしれない――。

そんな未来はありえない、とは言い切れない。考えはじめると、ちょっと怖い。

「ミカさま、もしかしてお体の具合が悪いのですか？」

ぼんやりしていたらピニが心配げに顔を覗き込んできた。ミカは急いで笑顔になった。

「いや、大丈夫だ。すぐに着替える」

ピニが用意してくれた服を手に取り、余計なことは考えないようにした。

◇

それからさらに一ヶ月ほどがたち、アルベルトがミカとの関係を模索し続けていた、ある日――。

「隣国から書簡が届きました」

ベルマンが差し出したのは、国境の一部が接している隣国、ヴァレ王国からの親書だった。封筒も封蠟《ふうろう》も正式なものだ。ヴァレ王国とは敵対しているわけではない。しかし手紙のやり取りをするほど親しくもない。

親書の差出人、ザクリス・ヴァレは現在の国王。六十代半ばの老齢で、昔から争いを好まず、アルミラ王国が内乱状態になったときも関わってこなかった。アルベルトが王座に就いてから何度か書簡のやり取りをして、今後もいままで通りの付き合いを続けることで合意している。つまり物資の流通等の民間の交流は変わらず、王家もそれほど親交を深めないというかたちだ。

そのザクリスがいったいなんだろう、とアルベルトはベルマンのまえで開封した。

中身は招待状だった。王太子テオドルの娘である王女ソフィの十歳の誕生日祝いの会に、アルミラ王国の国王夫妻を招待したいと書かれている。祝いの会は二週間後で、場所は国境近くの離宮らしい。この王都からその場所まで、馬車で三日ほどはかかるだろう。

アルベルトから招待状を手渡され、ベルマンは低く唸《うな》った。

「二週間後とは……急ですな」

アルベルトひとりではなく、ミカも連れての外遊となれば、準備が大変になる。衣装や日用品の荷造りから同行する侍従の選抜、護衛の編成、途中の宿泊先の決定など、移動に必要な日数も考えると、二週間はぎりぎりだった。

「いままでたいした交流がなかったのに、どうしていま招待してきたと思う？　しかも国王の孫娘の誕生日会だ。たいした行事ではない」

たとえば、現在の国王が退位して王太子が新国王に即位することが決定し、その戴冠式に招待されたならわかる。アルベルトはすぐに祝いの品を用意して予定を組むだろう。

アルベルトの問いかけに、ベルマンは冷静に答えた。

「おそらく、陛下がご結婚されたからでしょう」

だろうな、とアルベルトは頷く。

「陛下が神の末裔一族から花嫁をもらい受けたことは、周辺諸国に知れ渡っております。一目でもお目にかかりたいと思うのは当然です」

実際、ミカは美しい。ミカが人前に出たのは、初日の食事会と、その三日後の結婚式のときだけだ。国の財政を考慮して規模は最小限にとどめたが、国内の主だった貴族は招待した。彼らの口からミカの美しさが隣国にまで伝わったとしてもおかしくない。

「ヴァレ王国の王族は、ミカに会ってみたいのだな。だが隣国の希望にこちらが添う必要はない。そうだな、ベルマン」

「はい」

結婚式から二ヶ月。ミカはまだどこへも外遊に出かけていない。王妃としての公務はとうぶんのあいだ割り振るつもりはなかった。一族だけが住む島で生まれ、二十歳まで暮らしたのだ。ピニがそばにいるとはいえ、そう簡単に異国に馴染めるものではないだろう。

まずはこの国での生活に慣れてもらうことを優先したい。もしかしたら近いうちに身籠る可能性もあった。ヴァレ王国の好奇心のために、ミカに負担をかけることはあってはならない。

「夫婦で出席することはない」

「それでよろしいかと思います」

「しかし、俺が王になってからはじめての招待状だ。取るに足らないちいさな行事とはいえ、断ってしまっては角が立つか……。俺だけが行こう」

「行かれますか」

「俺だけならサッと行ってサッと帰ってこられる。騎馬だけで隊を組めば、移動に丸一日あれば大丈夫だろう。荷物なんて、式典用の服だけ持っていけばいい。たいした準備はいらない」

「ではそうしましょう」

宰相が了解したので、アルベルトは「その旨、すぐに返事を書いてくれ」と文官に命じた。カールには護衛の段取りを頼む。一気に忙しさに拍車がかかった。

片道一日、往復で二日、祝いの会に参加して、合計三日。強行日程ではあるが、アルベルトと親衛隊員だけで馬を駆けさせれば、難なくこなせるだろう。ミカから離れたくない気持ちが強い。二晩もミカに会えないと思うだけで、辛《つら》かった。

それにラルスのことも気にかかる。相変わらずミカの周辺をうろつくラルスだが、とくに問題にしなければならないような行きすぎた言動は、いまのところしていなかった。

カールに調べさせたところ、ベルマンの屋敷に居候《いそうろう》しているせいか、私生活は品行方正そのもの。休みの日は、屋敷から一歩も出ないこともあるらしい。自分の領地を任せている者や遠方に住むという知人と頻繁に手紙のやり取りをするくらいだ。

不審な人物や団体と秘密裏に会っている様子はなく、王妃を利用して国政を操ろうだとか、私腹を肥やそうだとか、そういう企みをしているようには見えない。面白みのない生活だと、カールは嫌そうな顔で報告してきた。

しかしアルベルトは、静かすぎるラルスの生活が、逆に気になった。だからあまり城を空けたくない。もしかしたら、ラルスはミカそのものが目的かもしれないではないか。

「ミカの警備は厳重に頼む」

「わかってる」

言われなくともそうするだろうが、カールに念を押した。

「留守のあいだのことは頼むぞ、ベルマン」

「お任せください」

自信たっぷりにベルマンが口角を上げる。森の砦で二十年間も苦楽をともにしたベルマンのことを、アルベルトは絶対的に信頼していた。三日間くらい王が留守にしても、ベルマンにとってはたいしたことではないだろう。

しかしベルマンは、自分の甥が王妃に近づこうとしていることに気づいていないようだ。

息子同然の甥を無条件で信じている。ラルスがなにを考えているのかわかるまでは、ベルマンに話すのはやめておこう、とカールと相談して決めていた。

「陛下、結婚後はじめて城を空けることになるのですから、王妃殿下にご自分でお話ししたほうがよろしいのではないですか」

ベルマンに言われて、アルベルトは「そうだな」と頷いた。

「どうせなら、いますぐ言ってきたらどうだ？」

カールがにやにやしながら提案したら、「早いほうがいいでしょう」とベルマンが同意する。アルベルトとミカは結婚して二ヶ月もたつのに、相変わらず性交ばかりで会話が足らない状態であることを、ベルマンも当然知っていた。彼自身は独身で、一度も妻帯した経験がないからか、夫婦生活についてアルベルトに年上ぶった助言をしてはこない。しかし気にしているのは言動の端々から感じていた。

二人に揃って勧められたら従うしかない。アルベルトは王妃の部屋に向かった。

けれどミカは留守だった。ピニもいない。部屋に残っていた侍従に尋ねると、庭を散歩中だという。出直すのも面倒だったので、アルベルトは庭まで追いかけることにした。なによりも庭なら、衝動的にミカを抱きしめたくなっても自制がきくと思った。

アルベルトは知らなかったが、ミカは一日に一回はかならず庭を散歩しているらしい。城の庭は広く、昔から仕えている庭師が手入れしているので、きれいに整っている。森の砦で育ったアルベルトには、整いすぎて違和感があったが。

侍従に教えてもらった東屋を目指した。散歩の途中で休憩するのによく利用する木組みの東屋があるという。そこでお茶を飲んだり、侍従に運ばせた竪琴を爪弾いたりもするようだ。

ふと、話し声が聞こえてきて、アルベルトは足を止めた。刈り込まれた庭木の陰からそっと頭だけ出してみると、あたたかみのある木で造られた東屋が見えた、そこに金色の髪をした麗人がいる。木と革で組まれた椅子に毛布を敷き、そこに腰掛けている。お茶を給仕しているピニの姿もあった。

（ああ、ミカ……美しい……）

毎晩、薄暗い寝室でミカの素晴らしさを堪能しているが、こうして陽光を浴びている妻の美しさは尋常ではない。はじめて会ったときも背筋が震えるほどの感動を覚えた。いまそれ以上の感激に、視界が潤んできそうだ。

夜ごと、ありったけの愛情をその身に注いでいるからだろうか。ミカはそれを糧《かて》にして、ますます美しさに磨きをかけたように見える。内側から神々《こうごう》しいまでの輝きを放ち、眩しいくらいだ。ここでの生活が苦痛だったら、こんなにもきれいではいられないだろう。そこそこ満足してくれているとしたら、夫としては嬉しい。

ピニのほかにもうひとり侍従がそばにいることに気づいた。さらにひとり――ラルスがいた。木製のテーブルを挟んでミカの反対側に腰掛け、笑顔でなにかを話しかけている。ミカは目を伏せ、静かにお茶を飲んでいる。ラルスの話しかけに、二言、三言を返しているようだ。内容までは聞こえない。

ピニと侍従がいるので二人きりではないが、自分の妻がほかの男と寛いでいる光景を目の当たりにし、アルベルトは胃のあたりがカーッと熱くなるほどの怒りを覚えた。

アルベルトは庭木の陰から出て、ズカズカと大股で東屋へ歩いていった。

「あ、陛下」

最初に気づいたのはピニだ。ラルスがハッとしてこちらを見た。ミカがゆっくりと視線を向けて、口に寄せていたカップをテーブルに置いた。

ラルスはすぐに立ち上がらず、見ようによってはふてぶてしい態度で億劫《おっくう》そうに腰を上げる。軽く頭を下げたラルスに、アルベルトは不機嫌を隠さず問いかけた。

「ラルス・ベルマン、ここでなにをしている」

厳しい口調になった。ピニと侍従が不穏な空気を察して動きを止める。しかしラルスは伯父そっくりに口角を上げて、笑みを向けてきた。

「庭を散策していたところ王妃殿下のお姿をお見かけしたので、交流をはかっていました。なにか問題でも？」

「……王妃と臣下が交流をはかることに問題はない」

「ですよね。だったら――」

「だが、おまえはいま仕事中の時間ではないのか。ここにいることを、ベルマンは承知しているのか？」

ラルスはムッとした表情で黙り、あろうことかアルベルトを睨みつけてくる。その視線を、アルベルトは正面から受け止めた。仕事をサボっている自覚があるのだろう。それ以上は栖突くことなく、ミカにだけ「失礼します」と声をかけ、東屋を去っていった。その際、アルベルトにはちらりとも視線を寄越さなかった。

その後ろ姿を、アルベルトは見えなくなるまでため息をつきながら目で追った。

完全に舐められている。ベルマンの甥だからと、いままでいくつもの無礼を許してきた。それがまちがっていたのかもしれない。不敬きわまりない態度への対応を考えるのはあとにして、アルベルトはミカに向き直った。

「ラルスとなんの話をしていたんだ？」

「なにも」

「なにもということはないだろう」

「あなたには関係ありません」

ツンと顎《あご》を反らしてアルベルトに横顔を向ける。「ミカさま」とピニが窘《たしな》めるような声をかけたが、アルベルトは嫌な気分にはならなかった。むしろいつも通りのミカに安堵する。後ろめたいことがあれば、きっと媚びるような言動になるだろうから。

ミカの横顔の顎から首への線が美しいな、と思った。金色の髪のあいだからチラリと見える耳朶《みみたぶ》も、島の土産物屋で売っていた貝殻に似て可愛い。ラルスとの会話の内容は、あとでピニにでも聞けばいいだろう。

ミカはテーブルに片肘をつき、花壇に咲く白い花を眺めている。島でミカに贈ったものとは花の付き方や形がちがう。けれど風にそよぐ風情は、あのときのことを思い出させた。

アルベルトは花壇に歩み寄り、腰に佩いた剣を抜いた。白い花を一輪だけ切る。それをミカに差し出した。驚いたようにアルベルトを見上げたミカは、目を丸くしたまま動かない。

「あなたに」

「…………」

「いらなかったか?」

残念だがミカがいらないのなら捨ててもらおう、と侍従に渡そうとしたら、「いらないとは言っていません」と、それを止められた。おずおずと手を出して花を受け取ってくれる。じっと花を見つめるミカの耳が、ほんのりと赤くなっていた。可愛い。

「すこし話がある。いいか」

「……どうぞ」

ミカの了承を得てから椅子に座った。ラルスが腰を下ろしていたものとは別の場所だ。なんとなく避けた。ピニがアルベルトの分のお茶を淹れてくれる。

「二週間後に外遊へ出かけることになった。国境を接している隣国、ヴァレ王国だ」

「外遊……?」

「二泊三日、留守をする。結婚後、はじめての外遊になるな。私はいなくとも城のことはベルマンに任せれば大丈夫だから、ミカはいつものように過ごしてくれればいい」

ピニに、「あとで説明があると思う」と言うと、「わかりました」とこちらを安心させる笑顔を見せてくれる。

「そのヴァレ王国とは、どういった国なんですか」

ミカが隣国に興味を抱いたらしい質問をしてきて、アルベルトは嬉しく思った。

「建国から二百年ほどで、我が国とおなじくらいの歴史がある。国の規模は我が国のほうがやや大きい。現在の国王は六十代半ばのザクリス王だ。王の孫娘の十歳の誕生日を祝う会に招待された。たいした行事ではないが、もしかしたらザクリス王がもっとも可愛がっている孫娘なのかもしれない。ヴァレ王国とはとくに親しくしているわけではないとはいえ、はじめての招待だし、断る理由がないので、私とカール、数人の親衛隊員だけでサッと行って帰ってくるつもりだ」

「数人だけで？　危険はないのですか」

もっともな心配だ。しかしアルベルトは辺境育ち。仰々《ぎょうぎょう》しい隊列を組んでの移動は面倒だとしか思えない。大人数になれば金がかかるし、機動力も落ちる。神の末裔一族の島に行くときも、必要最低限の人数と荷物で旅をしたのだ。

「大丈夫だ。私もカールも腕に覚えがある。連れて行く親衛隊員も手練《てだ》ればかりだから。途中で山賊に襲われても返り討ちにする」

安心させようと、ことさら明るく言ったのだが、ミカは笑ってくれなかった。

「本当に大丈夫だ。我が国はいまそれほど治安が悪くない。民の生活水準は上がっている。暮らしに困って盗みを働く者は減ってきた。わざわざ国王を襲う輩はいないだろう」

「国王を襲う……って、暗殺ということですか」

ミカが青くなったので、アルベルトは内心で激しく舌打ちした。余計に心配させてどうする。アルベルトの父親が叔父に殺されて王座を奪われたことを、ミカは知っている。

「だから、その懸念はほぼない。私の四年間の努力は、きちんと実を結んでいる。ミカはこの城で待っていてくれればいい」

何度か繰り返して言い聞かせると、ミカはちいさく頷いてくれた。ホッとして東屋を見回したアルベルトは、床に置かれた籠《かご》の中に膝掛けとともに竪琴が入っていることに気づいた。思い切って、ミカに頼んでみる。

「これを弾いて聞かせてくれないか」

「いいですよ」

あっさりとミカが頷き、膝に抱えてくれた。目のまえで弾いてもらうのは、宮殿の庭以来だ。期待に胸をドキドキさせていたら、「陛下」と庭木の向こうから若い文官が声をかけてきた。

「ご歓談中、まことに申し訳ありません。どうしてもすぐに確認していただきたい書類があるのですが」

文官はものすごく申し訳なさそうに背中を丸めて立っている。なぜいまなのか、とアルベルトはつい睨みつけてしまいそうになった。しかしここで文官を無視できるアルベルトではない。しかたなく席を立つ。

「ミカ、またの機会にしよう。仕事に戻る」

残念すぎてきっと酷い顔になっていただろう。アルベルトは断腸の思いで東屋を出た。

◇

アルベルトが文官とともに東屋を去っていくのを、ミカは竪琴を膝に抱いたまま見送った。テーブルの上には一輪の白い花。

しばしぼうっと花を見つめ、ミカは竪琴をピニに渡した。テーブルに両肘をつき、両手で顔を覆う。喉の奥から「うーっ」と獣のような唸り声が出た。

「ピニ、私の態度は変ではなかったか?」

床の籠《かご》に竪琴を戻したピニは、「いつものミカさまでしたよ」と返してくる。

「いつもの私とは、どんな感じだ」

「陛下に生意気な態度を取りつつも、徹し切れずに甘えをチラ見せして、思春期の子供のような瑞々《みずみず》しい――」

「もういい!」

ミカはテーブルに突っ伏して身悶えた。恥ずかしすぎる。自分はもう二十歳にもなる大人だ。それなのにアルベルトのまえではどうしても冷静ではいられない。まともな受け答えがしたくとも、アルベルトの一挙手一投足にドキドキしてしまい、そっちに気を取られる。

「せめて予告が欲しい。今日のこの時間にここに来るって、あらかじめ言っておいてほしい。心の準備ができていたら、もっと私はちゃんとデキる、と思う」

騎士服やっぱり格好いい、とミカは叫びたい衝動をぐっとこらえた。

「それはまあ、そうですね。いきなりはびっくりします。ほかの男と会っているところを見られてしまいましたし」

「いやらしい言い方をするな。あの男となにかあるように聞こえるだろう。勝手に近づいてくるだけで、私に他意はない」

どうやらラルスという男は、国王の信頼篤い宰相の甥だというだけで、周囲から特別扱いされているようだ。かなり自由に振る舞っている。アルベルトへの態度も不敬極まりない。

「どうしてアルベルトはラルスを怒らないんだ。見逃すからつけ上がるんだろう」

「宰相殿に気を遣っているのではないですか。苦楽をともにした同士というだけでなく、宰相殿がいなければ、荒廃していたこの国を、たった四年で立て直すことはできなかったそうですから」

「でも、あれはない」

この場を立ち去るとき、ラルスはアルベルトに挨拶をしなかった。自分自身がアルベルトに可愛くない態度を取っていることを棚に上げて、ミカはムッとした。

「……今後、ラルスが偶然を装って近づいてきても、私は相手にしないことにする。それとなく追い払ってくれないか」

ピニに頼むと、「わかりました」と苦笑して頷いてくれた。

庭の散歩は終わりにして、部屋に戻ることにする。ぶらぶら歩いていると、「あっ」と後ろでピニが声を上げた。

「なに？」

「思い出しました。ヴァレ王国のことを」

足を止めて振り返る。ピニは片手の指先をこめかみに当てて、記憶を探るように目を閉じていた。

「どこかで聞いた国名だと思っていたんです。あの国は以前、わたくしたちの島に花嫁をもらい受けたいという申し込みをしたことがあります。成婚には至っていません」

「そうなのか。まあ、そういう過去があってもおかしくはないな」

「四十年ほど前です。現在の国王が六十代半ばなら、その方が自分の花嫁を求めて申し込んだのかもしれませんね。どういった理由で成婚に至らなかったかは知りません。わたくしは記録を見ただけですので、そこには詳細は書かれていませんでした」

ピニはしばし思案したのち、「気になるので、ちょっと族長さまに聞いてみましょう」

と言い出した。

「わざわざカレルヴァを呼び出すのか？」

「島を離れてから二ヶ月です。きっと族長さまもミカさまの様子を知りたいと思っていますよ」

東屋へ戻るピニに、ミカと侍従はしかたなくついていく。ピニは両手を高く掲げ、てのひらを空に向けた。目を閉じて空を仰ぐ。ピニの巻毛がふわりと浮いた次の瞬間、強い風が吹いた。

「呼んだか？」

花壇の前にカレルヴァが立っていた。声もなく侍従が腰を抜かして、東屋の柱に縋りついたのが見えた。ピニはカレルヴァにぺこりと頭を下げる。

「族長さま、お久しぶりでございます」

「ピニ、元気そうだな」

「はい。族長さまもお変わりなく」

「ミカも、どれ、よく顔を見せてごらん」

薄い唇を弓形にして笑み、カレルヴァはミカの頬を撫でた。その銀色の瞳に自分の顔が映っているのを、ミカは懐かしく思いながら見つめる。

「健康そうな肌艶だ。アルベルト王にずいぶんと可愛がられているようだな。愛され感が満載でとてもいい」

「余計なお世話です」

父親に夜の営みを覗き見られたような羞恥を覚え、ミカは顔を赤くしながらカレルヴァの手を払いのけた。

「相変わらずだな。その調子でアルベルト王を困らせているのではないか？　あの王はおまえに惚れているようだが、ツンデレもほどほどにしておかないと可愛がってくれなくなるぞ」

「心配には及びません。彼は私に夢中です。こういう私が好きなのですよ」

威勢よく言い返したミカに、カレルヴァは「そうか」と笑った。

ピニがカレルヴァを東屋に促す。三人でテーブルを囲むまえに、ピニは唖然としたままの侍従に声をかけ、先に部屋へ戻っているようにと話した。侍従はよろよろと庭木の向こうへ去っていった。

「それで、私を呼び出したのはなぜだ？」

木と革で組まれた椅子に腰を落ち着け、カレルヴァがピニに問いかけた。ぴんと背筋を伸ばしたピニが、ヴァレ王国から招待がありアルベルトが出かけることをザッと話した。

「ああ、ヴァレ王国か。覚えている」

「四十年も前のことですよ」

ミカが驚くと、カレルヴァは苦笑いした。

「私は覚えるのが得意だからね。この世界に生を受けてからのことは、すべて覚えている。

忘れることは不得手なので、そちらのほうで不都合が生じるときがあるくらいだ」

一度覚えてしまうと忘れられない——それは長く生きるカレルヴォにとって、辛いことのように思えた。しかしそれをミカがここで指摘しても意味はない。

「四十年前、ヴァレ王国の現在の王が、花嫁の申し込みをしたのですか？」

ミカの問いにカレルヴォが頷く。

「そうだ。名はザクリス。当時はまだ王太子で、二十代半ばの青年だった」

「どうして成婚に至らなかったのでしょうか。なにか理由が？」

「ザクリス自身におおきな欠点があったわけではなかった。すでに結婚して子をもうけていたが、それは王家ではよくあることなので問題にはしない。島の娘を第二妃としてもらい受けたいということだった。しかし当時の国王——ザクリスの父親だが、われわれ一族を見下すような言動があり、それが気に入らなかった。すべての権限を持つ私に平気で暴言を吐くような男の息子に、いくら金を積まれても大切な島の娘を嫁がせるわけにはいかない。蔑ろにされることがわかっているからだ」

カレルヴォの花婿審査は厳しい。嫁いだ先で幸せになれるかどうかを、もっとも重視しているせいだ。だからこそ花嫁候補になった娘たちは、審査を通った男たちに心を寄せることができる。

「ザクリスはずいぶんと気落ちしていた。息子が塞ぎ込んでいるあいだ、父親の王は島の宿で傍若無人に振る舞い、飲んだくれていたようだが」

うわぁ、とピニが嫌悪感を露にした顔をする。ミカも同意見だ。そんな王家に嫁ぎたくない。

「ザクリスはわれわれに対して思うところは多々あっただろうが、なにも言わずに島を去った。あれから四十年あまりがたち、忘れた頃に、隣のアルミラ王国に神の末裔一族から花嫁が嫁いできた。興味を抱くのは当然だろうな」

「そうですね……」

ピニが頷き、「もしかして」とミカを見た。

「ヴァレ王国の二週間後の祝いの会は、陛下だけでなく、ミカさまも招待されていたのかもしれませんね」

「私も？」

「自分が娶れなかった神の末裔一族の花嫁を、一目だけでも見たいと思うのは自然のような気がします」

「たぶんそうだろう」

カレルヴォが同意する。ミカは自分が一国の王妃であることを思い出した。

「……私は行かなくてもいいのでしょうか……」

「アルベルト王がひとりで行くと決めたのなら、ミカはおとなしくここで待っていればいい。王妃を同行させない言い訳など、いくらでもあるからな。出し惜しみするのは悪いことではないし」

カレルヴァはふっと笑い、視線を花壇の花に向けた。

「きれいに咲いている。よく手入れされた庭だ。居心地がいい。この国の財政状況はずいぶんと健全化されてきたようだな。庭に予算が割けるほどの余裕があるということだ。アルベルト王が言ったことは嘘ではないらしい」

「あの男は、嘘は言いません」

ついミカはアルベルトを庇う発言をしてしまった。言ってしまってから頬が熱くなってくる。カレルヴァは優しく微笑み、「そうか」と宥めるようにミカの肩を叩いた。

「ピニ、私に聞きたいことはそれだけか」

「はい、ありがとうございました。わざわざお呼びだてしてすみません」

「いや、私の記憶が役に立てたならよかった。なにかあったらまた呼びなさい。元気そうなおまえたちの顔を見られて嬉しかったよ」

カレルヴァは大理石の椅子に座ったままで風を起こし、「では、また」と一瞬で姿を消してしまった。

「族長さま、とってもお元気そうでしたね」

「あの人は殺しても死なないよ」

「またそういう言い方をして。大好きなくせに、ミカさまったら」

「別に大好きなわけじゃない」

「はいはい」

くだらない言い合いをしながら、こんどこそ部屋に戻ろうと、ミカはピニを連れて東屋を離れた。ぶらぶらと歩いているうちに、ふと、さっきの話題が頭を過《よぎ》る。

「……ピニ」

「はい？」

「もし私もヴァレ王国に招待されていたとしたら、アルベルトは私に、行くかどうかを尋ねることなく決めてしまったことになる。私の意見は聞く価値がないからか」

ひとりの人間として認められていないような気がして、ミカは胸がもやもやしてきた。

しかし、「それはちがうでしょう」とピニがすかさず否定してくる。

「ミカさまがこちらに嫁いできてから、まだそれほどたっていません。この国に馴染んでもらうことが最優先で、陛下は王妃としての務めは二の次と考えておられるのではないですか？　それに、いつ身籠るかわからない、大切なお体ですよ？　国王の孫娘の十歳の誕生日なんて、どうでもいい行事ですし」

「どうでもいい行事にアルベルトは出席するのか」

「これも外交なんでしょう。陛下はミカさまを余計なことで疲れさせたくないのだと思います。大切になさっているのです」

「……そうか……それもそうだな」

確かに、そう言われてみればそうだ。王妃としての公務は、とりあえず産んでから、と考えられているかもしれない。

子作りに関しては、日々努力している。というか、結果として努力している形になっているが、ミカはとうに義務感を捨てていた。アルベルトに抱かれると、ただただ喜びがある。夫婦としての会話がなくとも、アルベルトは全身で愛情を示してくれているから、もうミカは自分を「子供を産むためだけの存在」だなどと思わなくなっていた。

今日のような日が、たまにあればいい。短時間でも声を聞かせてくれて、ミカだけを見つめてくれて、花を贈ってくれるだけで心は満たされる。

アルベルトは一国の王で、多忙だ。今後も外遊はあるだろう。隣国でなければ、もっと何日も城を空けることがあるかもしれない。会えない日があっても、ミカはアルベルトを信じて、どんと構えていなければならない。

「ピニ、私は一国の王妃なんだな」

「そうです。なにをいまさら」

この国に来た日、食事会でカールに言われた。王には安らぎが必要であること、さらに民の心をひとつにする象徴があったほうがいいこと。それはミカのことだと。

あのときは、そんなつもりがなかったので思いがけない言葉に驚くだけだった。けれど二ヶ月たって、毎晩アルベルトと抱き合い、心を寄せ合うようになり——おぼろげにわかってきた。

「ミカさまは、この国の正式な王妃ですよ」

「子供を何人か産んで、落ち着いたら、私も王妃として公務をするのだろうな」

「ミカさまが望まれないのなら、無理をしなくていいと思いますよ」

「いや、なにかしたい」

意外だと言いたげな目で、ピニが見上げてくる。

「その日のために、王妃の責任とか役割を、ちょっと事前に学んでおきたいと言い出したら、おかしいだろうか」

「いいえ、ぜんぜんおかしくなどありませんよ。素晴らしいことです」

ピニが満面の笑みになったので、ミカも笑顔を返した。

「ヴァレ王国のこと、私はなにも知らなかった。この国を取り巻く国々のことを、すこし知っておきたい。あと、歴代の王妃がなにを成したかも。王妃が受け継ぐ伝統があるなら、私にも教えてほしい」

「ミカさま、ご立派です」

ピニが涙ぐむので、ミカは小柄な体を抱き寄せた。さっきカレルヴォがしてくれたように、ピニの肩を撫でてやる。

「なにも泣くことはないだろう」

「だってミカさま、一足飛びに大人になられて……。愛って、人を成長させるのですね」

「恥ずかしいことを言うな」

部屋に戻ってすぐに、さっそくピニがベッゼルに相談した。するとすぐにアルベルトに伝わり、ベルマンが了承して王妃に教師をつけることが決定した。

ミカが王妃教育を求めていると聞き、アルベルトは驚いた。

「王妃としての自覚が芽生えてきたのだとしたら、大変喜ばしいことです」

めったに笑わないベルマンが微笑んでそう言い、教師役の選定に取りかかった。

通常、王族の教師役は王立図書館の司書長や、王立大学院の学長などが候補に挙がる。彼らから国の歴史や地理を学び、公務については内務を司る文官長から説明を受けるのだ。

この国について学びたいと思ってくれたのは嬉しいが、無理をしないか気になった。ミカはたぶん真面目でがんばり屋だ。知らない土地に移り住み、いろいろと戸惑ったり困ったりすることがあるだろうに、ほとんど文句を言わない。なにかあっても黙って我慢しそうで、すこし心配だ。

◇

その夜、王妃の寝室へ繋がる扉を開けたアルベルトは、直前まで神妙な気持ちでいた。王妃教育について思うところを話すつもりだった。

ところが扉を開けたとたんに、それらのことを忘れてしまった。王妃の寝室から竪琴の音が聞こえてきたからだ。防音のため、王の寝室と同様に王妃の寝室も壁が厚い。だから扉を開けるまでわからなかった。

ミカは寝台の横の長椅子に腰掛け、竪琴を膝に抱えて爪弾いている。ランプのほのかな

明かりに照らされた寝衣姿のミカは、まるで一枚の絵画のようだった。

ちらりと視線を向けてきたミカはアルベルトが入室してきても手を止めず、弾き続けている。聞いたことのある旋律だ。目を閉じれば、白い宮殿と緑と花が溢れる庭が脳裏によみがえってくる。

（あのときに聞いた曲か……）

はじめてミカに会ったときの甘いときめきまで思い出してしまい、アルベルトはミカに近づけなくなった。まるで初恋に戸惑う少年のように、ミカの美しさに気後れを覚えてしまう。

不意にミカが演奏を止めた。唇を尖らせて、不満げな顔をしている。

「せっかく弾いてあげているのですから、もっと近くで聞いてください」

「ああ、それはすまない」

慌ててミカの隣に腰掛けた。昼間、城の庭で聞きそびれてしまったので、ミカはわざわざアルベルトが来る時刻に合わせて弾いてくれたらしい。ミカが曲の最初から弾き直してくれたので、アルベルトは間近でしっかりと聞くことができた。そのあと、短い曲を二曲ほど披露してくれ、ミカの心遣いに胸がいっぱいになる。

「ありがとう。素晴らしい演奏だった」

「たいしたことはありません」

ミカはいつものツンと澄ました顔で竪琴を膝から下ろした。

「じつは、あなたの竪琴を聞きたくて、執務をときどき抜け出しては露台の一階下の部屋に忍んでいたのだ。窓を全開にすればよく聞こえたので――」

「はあ?」

ミカが眉間に深い皺を刻んで振り返った。

「国王ともあろう人が、なにをしているんですか。そんなふうにこそこそする必要はないでしょう。いつでも弾きますから、言ってくださいっ」

「ありがとう」

真顔で礼を言うと、ミカが顔を赤くする。ますます不機嫌そうな表情になったのは、たぶん照れ隠しだ。可愛い。つい見惚れてしまい、伝えたいことがあったのをなんとか思い出した。

「ミカ、王妃教育のことだが……。根を詰めすぎないように、加減をして学んでくれ。すべてを覚えようとしなくてもいいから」

「……私が要求したことは、アルベルトにとって余計なことでしたか?」

「いや、そんなことはない。あなたがみずから学びたいと思ってくれたのは嬉しい。ベルマンも非常に喜ばしいと言っていた。けれど無理はしなくていいから。私はあなたが嫁いできてくれただけで、もうじゅうぶんなのだ。感謝している」

アルベルトの本心を告げた。しかしミカは浮かない表情をしている。なにかマズいことを言ってしまっただろうか。学ぶことは否定していないし、嬉しいとも言ったのだが。

「ミカ？」

「子作りしましょう」

キリッと顔を上げたと思ったら、ミカがいきなりアルベルトの腕を掴み、寝台へと引っ張った。雰囲気もなにもない乱暴な仕草にびっくりする。

アルベルトを寝台に仰臥《ぎょうが》させると、ミカは腹の上に乗ってきた。

「嫁いできただけで感謝されては困ります」

「ミカ、あっ」

素早くアルベルトの寝衣をはだけさせたミカは、あろうことか股間に顔を伏せてきた。

その夜はじめて、アルベルトはミカに性器を口腔で愛撫された。アルベルトは毎晩のようにミカのそこを口で嬲《なぶ》り、体液を味わっていたが、されたことはない。求めたこともなかった。

「くっ……」

蕩《とろ》けそうなほど気持ちがいい。もちろん技巧などない。けれど愛する妻にしてもらっているという状況がたまらなかった。それに視覚の衝撃もすごい。美しい唇におのれの醜《みにく》い欲望が吸い込まれ、柔らかな舌で舐められている。あっというまに限界まで猛り、達してしまいそうだ。

はずみで喉の奥までくわえ込んだミカが苦しそうにえずいた。

「ミカ、無理をしなくていい」

股間から顔を引き剝がそうとしても、頑固にしがみついて離れない。しかしどうがんばっても初心者。アルベルトは放出するまでには至らなかった。

そのうち顎と舌が疲れてきたのか、ミカは顔を上げた。口のまわりが唾液でびしょびしょになっている。脱いだローブで拭いてやった。

「下手でしたか。ごめんなさい……」

しゅんと眉尻を下げて謝罪するミカが、叫び出したくなるほど可愛い。

「とても気持ちよかったよ」

「嘘は言わないでください」

「いや、本当だ。ただ私はあなたの口ではなく、体の奥に注ぎたいと思っている」

率直に欲望を伝えると、ミカが恥ずかしそうに目を伏せる。もうさんざん性交してきたのに、たったこれだけの言葉で羞恥を覚えるミカの初心《うぶ》さがたまらない。

香油を取り出し、おのれの屹立を受け入れてくれる場所に塗り込む。毎晩のように可愛がっている窄《すぼ》まりは、容易に解れるようになった。中の粘膜は熱く柔らかく、ここに突き入れたときの快感を思い出すと喉が鳴る。

体勢を入れ替えて熱く滾っているものをそこにあてがおうとしたとき、ミカが逆にアルベルトを押し倒してきた。

「ミカ?」

無言でアルベルトの腹を跨《また》いだミカは、みずから剛直を後ろに迎え入れようとする。この体位ははじめてだ。ミカの性器も勃起しているることから、興奮してくれているのがわかる。能動的に体を繋ぎたいと思ってくれたミカの気持ちが嬉しくて、アルベルトの性器がいつにも増して膨らんでしまう。

それに気づいたミカが顔を赤くしながら睨んできた。

「もうおおきくしないでください」

それは無理だ、と苦笑いしながら、口では「すまない」と謝っておいた。

ミカは苦労してアルベルトのそれを体内に受け入れていく。一気に奥まで突いてしまいたい衝動をこらえるのが大変だった。やっと根元まで挿入できたときには、二人とも汗だくになっていた。

アルベルトの腹の上で、ミカがおおきく息をつき、金色の長い髪をかき上げる。それを下から眺めていると、幸福感が高まりすぎて爆発しそうになった。

「今日は嬉しい驚きがいくつもあるな。幸せだ」

そう言って笑ったアルベルトは、ついに我慢し切れなくなって下からミカを力強く突き上げた。

「あっ、待って、待ってくださいっ」

動揺するミカを激しく揺さぶる。

「ああっ、あっ、あんっ」

もうミカの体は知り尽くしている。感じるところを擦り上げてやると、まるで淫らな舞

いを踊るように腰をくねらせた。薄暗い寝台の中で、ミカの金髪がいきもののようにうねり、鈍い輝きを放つ。絶景とは、このことだ。

腹筋だけで上体を起こしたアルベルトは、ミカを抱きしめて貪るように唇を吸った。吸い返してくれるミカが愛しくて、さらに激しく突いてしまう。

「あっ、あーっ！」

腕の中でミカがびくびくと跳ねた。腹をミカの体液で濡らされながら、寝台に押し倒して体位を変える。白い両足を脇に抱え込み、最奥へ性器の先端を押し込んだ。ミカは声もなく続けて絶頂し、アルベルトを切なく締めつけてくる。

「くっ……」

低く呻いて、アルベルトは最奥に欲望をほとばしらせた。いつになく大量の体液が放出された気がした。毎晩性交していても、健康な体はきちんと体液を製造するらしい。われながら変なことに感心しつつ、ミカにくちづける。汗ばんだミカの首筋にも吸いついた。最後の一滴まで注ぎ込んだが、まだ離れたくない。繋がったままじっとしていた。

「アルベルト……」

うっとりとした目でミカが呼ぶ。「なんだ？」と応えれば、ミカは自分の腹を白い手で撫でた。

「お腹の中……ぽかぽかとして温かい気がします……。たくさん出ましたよね？」

うっ、とアルベルトは言葉に詰まった。淫らな行為をした直後に、なぜそんなにあどけない顔でそんなことを言えるのか。

「アルベルト?」

ミカが困った表情になった。萎えかけていたものが、みるみる力を取り戻してきたからだろう。ふたたび粘膜を広げて存在感を誇示しはじめたそれを、無意識なのかミカがきゅっと締めつけてきた。心地よさにため息が出る。どうしても腰が動いてしまうのは、男の性《さが》だろうか。

「ミカ……」

愛している、と耳元で囁いた。細い腕が伸びてきて、アルベルトの背中をかき抱く。

「アルベルト……」

甘えるような声で名を呼ばれれば、たぶん好かれていると――少なくとも嫌われていないとわかる。二度目を許されて、アルベルトはゆっくりとミカの中を穿《うが》った。

◇

ミカはピニが淹れてくれたお茶を一口飲み、ひとつ息をついた。

東屋を囲む花壇では、赤い花が風に揺れている。一本の茎に小さい花が密集して咲いているので、赤い球が緑の葉の上に転がっているように見えていて、可愛かった。気分を変えたくて、今日はいつもの木製の東屋ではなく、石造りの東屋にいた。不思議な土色をした石の柱は表面をつるつるに磨かれ、屋根だけは木製で、日を遮っている。

膝に抱えた竪琴を、ぽろんと爪弾いてみる。この音を嬉しそうに聞いていたアルベルトは、結婚後初の外遊に出かけていて不在だ。

今朝早くに出立した。今日の夜、ヴァレ王国の離宮に到着する予定だ。そして明日の午後に開かれるソフィ王女の誕生日を祝う会に出席し、明後日の夜に帰国すると聞いている。

二泊三日の旅程を聞いたときは、とくに思うことはなかった。しかし実際にアルベルトが出かけてしまうと、なにやら胸に穴が空いてしまったような心地がする。アルベルトはいつも昼間は執務室にいてミカと会う機会などほとんどなかったから、一日くらい顔を見なくてもたいしたことではないはずなのに。

今夜も、明日の夜もアルベルトは王妃の寝室には来ないのだ。久しぶりにゆっくりと独り寝ができると喜べないのは、どうしてなのか。

（これが寂しいという感情なのか……）

ミカは竪琴を爪弾きながら、なんとなく切ない恋の歌を口ずさむ。静かな庭に、ミカの歌声と竪琴の音だけが流れた。ピニは静かに東屋の隅で控えている。もうひとりの侍従は東屋の外にいて、ミカの邪魔をしないように視界から外れていた。

そこへ闖入《ちんにゅう》者があった。遠慮もなにもなくずかずかと東屋に近づいてきたのは、ラルスだった。侍従はとっさに制しようとしたが、ラルスに睨まれてすごすごと後じさる。宰相の甥という立場は、正式な役職についていなくともやはり侍従より強かった。

「王妃殿下、こちらでしたか。いつもの東屋にはいらっしゃらないので、竪琴の音をたどってきました」

ミカが招いていないのにラルスは東屋に入ってきて、椅子のひとつに腰掛けた。図々しい、とミカが眉をひそめても笑顔を向けてきた。

「ピニ」

竪琴をピニに渡し、ミカは立ち上がった。ラルスと親しく会話するつもりはない。この東屋から出て行けと押し問答をするつもりもない。とっとと去るだけだ。

「読書の時間ですので、失礼します」

「もう行かれるのですか。私とすこしくらい言葉を交わしてくれてもいいではないですか」

「私は部屋に戻ります。この東屋がお好きでしたら、存分におくつろぎください」

ミカがさっさと東屋を出ると、ラルスが慌てて追ってきた。ピニと侍従がそのあとについてくる。

「部屋に戻られるのならば、私もお供します」

「結構です。ついてこないでください」

「あなたのその冷たい素振りがたまらないですね。陛下の手前、私を邪険にあしらわなければならないことは重々承知しています。でも今日から陛下は外遊です。留守なのですから、それほど神経を使わなくとも大丈夫ですよ」

ミカは思わず足を止めて振り返ってしまった。

「あなたは、なにを言っているのですか」

「私は宰相の甥ですから、たいていの者は従います。侍従や護衛に、見聞きしたことは他言無用と命じておけば、陛下の耳に入ることはないでしょう」

「……私は夫の耳に入って困るようなことをするつもりはありませんが」

「さすが神の末裔一族の花嫁ですね。貞節は守りますか。しかし、あなたはもっと自由でいてもいいのですよ。その美しさを存分に活用して、体と心の赴《おもむ》くままに、ひとときの喜びに浸ってもよいのです」

ラルスがそれとなく自分に近づきたがっているのはわかっていた。しかし目的がはっきりわからなかった。欲しているのは権力なのか金なのか、あるいは――。

まさか本当にミカ本人を望んでいるとは、思っていなかった。ミカはただの一度もラルスを誘うような言動をした覚えはない。どうしてラルスに靡《なび》くことが当然のような態度なのだろうか。それを不思議に思うミカのほうがおかしいのだろうか？

「ひとつ聞きたいのですが」

ミカはラルスに向き直り、正面から見つめた。すこし怯《ひる》んだように顎を引きつつ、ラルスが「なんでしょうか」と応じる。

「この国の王妃は、臣下と火遊びをするのが伝統なのですか」

ギョッとしたようにラルスが目を丸くした。どうやらそうした伝統はないらしい。ならばミカ自身に原因があるのか。

「では質問を変えましょう。私はあなたを一度もそういう目で見たことがありません。記憶にあるかぎり、思わせぶりな態度を取ったこともありません。それなのに、あなたはどうして微塵も疑うことなく、私が応じると確信して、主君を裏切る行為を誘ってくるのですか」

ラルスが呆然と立ち尽くすのを、ミカは侮蔑《ぶべつ》のまなざしで見る。

「私はアルベルトのもとに嫁いできて、不自由だと感じたことはありません。体と心が赴くままに？　なにを言っているのですか。私の体はもうアルベルトのものです。髪の毛一本まですべて、アルベルトのものです。あの人が存分に私を愛してくれているので、なんの不満もありません」

「い、いや、そんなこと、あるはずがない。あなたのような洗練された美しい人が、陛下のような田舎育ちの木偶《でく》の坊《ぼう》で満足するなんて、そんなこと……！」

「あの人が田舎育ちなのは事実ですが、だからといってつまらない男ではありませんよ。誠実で、馬鹿がつくくらい正直で、情熱的で、国と民のことを大切に思っています」

そう、アルベルトのような男はきっと二人といない。ミカはこの国に嫁いできてよかったと思っている。

「どうやら、あなたはすっかりあの男に取り込まれてしまっているようだ」

ラルスがため息をつき、ミカに両手を差し伸べてくる。

「王妃殿下、ひとつ、誤解があります。私はひとときの遊びを誘っているわけではありません。まちがった道へ進もうとしているあなたを、正しい道へ導きたいのです。一度でいいのです、私と熱い夜を過ごしてみませんか。そうすればあの男の存在がそれほどおおきなものではないとわかるはずです」

ラルスが伸ばした手が届かないところまで下がる。

「さきほども言いましたが、私は一切、夫以外の男性とそうした行為に及ぶつもりはありません。不愉快です。私の目のまえから立ち去ってください」

「ああ、王妃殿下、生涯を誓った夫を信じたいのはわかります。しかしアルベルトだけが男ではないのですよ。あなたを幸せにできるのは私です」

だからどうして自信満々なのか。それほど上等な男には見えない、というのが正直な感想だ。アルベルトのほうがよほど愛すべき人物で、信用に足る。それがわからないからこそ、ここまで図々しく言えるのかもしれない。

イライラしてムカムカして行儀悪く怒鳴り返したくなったとき、目のまえにピニが立った。

「ラルス・ベルマン殿、どうかお引き取りください。ミカさまは陛下不在の心寂しさを竪琴の音で癒していた最中でした。そこを邪魔されて、大変心乱れておいでです」

「ですから私が――」

「あなたごときでは癒されません。ミカさまをお慰めできるのは、陛下ただひとりです。

臣下でありながら陛下を『あの男』と呼ぶ不敬な輩に、ミカさまが心開くとお思いなら、とんでもないことです」

ピニにきっぱりと非難され、ラルスの顔が羞恥と怒りで赤くなっていく。

「あなたのどこが都会的で洗練されているのか、わたくしにはさっぱりわかりません」

「おまえ、この私になんてことを……！」

「わたくしに腹を立てるのはかまいませんが、ミカさまをこれ以上わずらわせないでいただきたい。今日のことはだれにも言いませんから、もう二度とくだらない誘いを仕掛けてこないでくださいね」

さあ行きましょう、とピニに促されてミカはラルスに背を向ける。

「王妃殿下、私がきっと助けて差し上げますから！」

いったいなにからミカを助けるつもりなのか。相手にしていられない、とミカはもう振り向かなかった。ラルスはもう追ってこなかったが、建物に入ってしまうまで背中に視線を感じていた。

王妃の部屋に戻ってから、ミカは「あれは言いすぎだ」とピニを叱った。ピニは唇を尖らせて「ミカさまも、ずいぶんと嫌みなことを言っていたではないですか」と言い返してくる。

「あの男は本当に馬鹿ですよ。ミカさまを尻軽扱いして、とんでもない。剣を持っていたら、あの場で一突きにしていたでしょう」

「こらこら、城の庭で宰相の甥を刺殺したとなったら、いくら私の世話係とはいえ許されないぞ」

「ですからこらえました。多少の暴言はしかたがないでしょう？」

ピニはまったく反省の色を見せない。ミカのためを思って反撃してくれたのだとわかっているが——。とはいえ、ピニがはっきり言ってくれたおかげで、ミカはすっきりした。

「ベルマンに甥の言動を伝えたほうがいいのかな」

「そうですね、一応、苦情を言っておきましょう。まったく……あの男を補佐にしようなんて——宰相はとても優秀な施政者なのに、身内に対しては判断力がなくなってしまうようですね。宰相ほどの人にも欠点があるということでしょう」

やれやれ、とピニは肩を竦めてから侍従にミカを任せて部屋を出て行った。しばらくして戻ってきたピニは不機嫌そうだった。ベルマンに会い、甥の言動によって迷惑を被《こうむ》っていると本当に伝えたらしい。

「宰相は話を聞いてくれましたが、甥をどうこうするつもりはないようです。大丈夫でしょうか。伯父馬鹿が過ぎると思うのですが」

ピニは憤慨《ふんがい》すると同時にこの国の行く末を心配している。ミカも同様だ。国王不在の日を狙って王妃を誘うなんて、臣下としてやってはいけないことだ。そしてミカに拒まれて、ピニに叱られて、ラルスはどう思っただろうか。

「なにか仕返しされたら面倒だな」

あれで引き下がるとは思えない。ミカの呟きに、ピニはしばらく考えた。

「仕返しうんぬんよりも、懲《こ》りずにまた口説いてくるでしょうね。なにもわかっていない感じでしたから」

「だろうな」

「とりあえず、陛下が戻るまで、われわれは部屋から出ないようにしましょう。そうすればラルスを避けることができます。ベッゼルにも話をして、陛下が不在のあいだ、ミカさまに気を配ってもらうように協力してもらいましょう」

ピニの提案で王専属侍従のベッゼルに頼み、ミカの部屋に来てもらうことにした。親衛隊員にも極力ラルスを近づけないよう、訪ねてきても通さないように要請した。

（アルベルト……）

夫のはじめての不在。彼がいないからこそラルスは強気なのだろう。

（早く帰ってきて）

彼の顔を見たかった。抱きしめてもらえたら、それだけで安心できる。

ヴァレ王国から戻るのは明後日の夜になる予定だ。たとえ遅くなっても、ミカは起きて待っていようと決めた。出迎えたい。外遊から無事に帰ったことを労《ねぎら》って、お疲れさまと言いたい。きっとアルベルトは笑顔を見せてくれるだろう。もうなにも心配はいらないと、きつく抱きしめてくれるにちがいない。

アルベルトのことを考えただけで、ミカは体が熱くなった。今夜は抱いてもらえないのにその気になってしまってはマズい。ミカはおとなしく読書をすることにして、ピニに読みかけの本を持ってきてくれるように頼んだ。


その夜、王妃の寝室で眠りについていたミカは、ふと目が覚めてしばし天蓋を眺めた。なぜ目が覚めたのかわからない。嫁いでからはじめてアルベルトが不在の夜だから、自覚している以上に心細く感じていたのだろうか。

もう一度寝ようと目を閉じるが、眠れそうにない。妙に目が冴えてしまっている。

ミカは体を起こし、ピニを呼ぶかどうか迷った。そのとき、扉の向こうで物音がしたのが聞こえた。

（ん？　なんだろう……）

王妃の寝室を囲む壁と扉は防音目的で分厚く造られている。いくら夜中でしんと静まり返っているからといって、物音が聞こえるのはおかしかった。不寝番の侍従と護衛の親衛隊員になにかあったのだろうか。なにやら空気に緊張感があるような気がする。嫌な感じがした。こんな気配ははじめてだ。不測の事態でも起こったのか。

ミカは音を立てないように寝台を降り、寝衣の上にガウンを羽織った。室内履きに足を突っ込み、寝台の下に隠してある短剣を手にする。ミカは剣の基礎的な訓練は受けているが、とくに腕が立つわけではない。護身用の短剣を所持していても、上手く使えはしなかった。ミカが得意なのは竪琴の演奏と歌くらいのものだ。

扉の向こうでまた物音がした。今度ははっきりと、ドタンバタンと激しくものがぶつかる様子が伝わってくる。なにかが起こっているのだ。

突然、扉がバンと勢いよく開いた。ピニが飛び込んでくる。

「ミカさま！」

ピニの背後で、親衛隊員と黒装束の男たちが剣で打ち合っているのが見えた。床に倒れているのは侍従か。

「襲撃を受けています。お逃げください！」

ピニは王の寝室へ通じる扉へとミカを誘導しようとする。そこに剣を持った黒装束の男が駆け込んできた。

「逃がすかっ！」

ミカを庇うように立つピニに、その男は肉薄してくる。

「王妃を傷つけるな！　世話係の小僧は殺してもかまわん！」

襲撃者のだれかが叫んだ。黒装束の男は一切の躊躇いもなく、ピニの胸に剣を突き立てた。グサッと音がして、ピニの胴体を剣先が貫通する。

「ピニーッ！」

腹に剣が刺さったままピニは床に倒れ、動かなくなった。ミカは短剣を投げ捨ててピニに縋りつく。

「ピニ、ピニ！」

「王妃殿下！」

ミカの悲鳴を聞きつけて親衛隊員が寝室に入ってこようとしたが、それが隙になったのか、背中から攻撃を受け、バタバタと倒れた。ミカは慌てて立ち上がり、王の寝室に繋がる扉を振り返ったが、黒装束の男たちに囲まれてしまっていた。

「王妃殿下、さあ、われわれと来てもらいましょうか」

ミカを殺すつもりはないらしい。司令塔らしき男が落ち着いた声音でミカに言った。

「どこへ連れて行くつもりだ。攫《さら》ってどうするのか」

「そこまでは知らされていない。軟禁されている王妃をここから救い出せ、というのがわれわれに寄越された依頼だ」

冷静な口調で返され、ミカは驚愕した。この男たちはだれかの依頼を受けて動いているらしい。首謀者は別にいる。

「依頼したのはだれだ」

「言うわけがないでしょう」

鼻で笑われた。簡単に口を割るはずがないので腹は立たない。しかしいま、「軟禁されている王妃を救い出せ」という依頼なのだと、この男は言った。

（救い出す？　私は助けなど求めていない……あっ）

助け、という言葉に、昼間の出来事が思い出された。ラルフが言っていたではないか、

『王妃殿下、私がきっと助けて差し上げますから』と──。

まさか依頼者はラルフか。訓練された集団を金で雇い、王が不在の夜を狙ってミカを攫わせたのか。それならば、攫われた先でなにが待っているか明白だった。

ミカは投げ捨てた短剣を素早く拾い、鞘を払う。切っ先を自分の喉に当てた。

アルベルト以外との経験がないミカにとって、ラルフのような男に汚される事態は、想像しただけで恐怖と屈辱に体が震えるほどのことだ。死ぬことよりも、そちらのほうが嫌だ。

「王妃殿下、馬鹿なことはやめなさい。侍従がどうなってもいいのですか」

隣の居間に倒れている侍従の一人を、黒装束の男が寝室へ引きずってくる。腕と足から出血しながら呻いていて、「やめてください」と弱々しい声ながらも意味のある言葉を発していた。すぐに手当てをすればじゅうぶんに助かるケガだろう。

「負傷した侍従にトドメが刺されるのを黙って見ていられますか?」

その侍従の首に剣先が向けられるのを見て、ミカは短剣を下げ、床に落とすしかなかった。

◇

その知らせがアルベルトのもとに届いたのは、外遊二日目の午後早い時刻だった。

昨日の早朝に自国を発ったアルベルトは、日が暮れてから国境を越え、予定通り、夜遅くにヴァレ王国の離宮に到着した。時間が時間だったため、国王ザクリスとの対面は翌朝行われた。二人は初対面になる。

現在六十代半ばのザクリスと三十歳手前のアルベルトは、年の差はあっても格としては同等だ。国の規模は、どちらかといえばアルミラ王国のほうがおおきい。ただアルベルトは王位に就いてからまだ四年の若輩者であるため、対面時には敬意を表した。

「ソフィ殿下の十歳のお誕生日、おめでとうございます。お祝いの席にご招待いただき、ありがとうございます」

アルベルトが礼を尽くすと、ザクリスは皺深い顔を綻《ほころ》ばせた。隣国の王が丁寧に謝意を口にしたこともあるだろうが、孫をずいぶんと可愛がっているらしい。

「隣国に住みながらいままでお会いできずにいました。アルベルト王のご活躍については、私も聞き及んでおります」

アルベルトが二十四年前に国を追われたとき、ヴァレ王国は一切の関わりを拒んだ。内紛に乗じてアルミラ王国に侵攻することはなかったが、逃亡中のアルベルトたちに手を差し伸べることもなかった。そのときのことをアルベルトは恨んではいない。国の利益を考えたら、しかたがないことだったのだろう。

「ところでアルベルト王、新婚生活はどうですか。神の末裔一族から娶ったと聞きましたが、さぞかし美しい王妃でしょうね」

やはりミカの話題が出たな、とアルベルトは苦笑した。白髪のザクリスは、さり気ない口調で尋ねながらも、その目は興味津々といった感じだ。

「今回、妻もご招待いただいたのに同伴できなくて申し訳ありませんでした。なにぶんまだ嫁いで日が浅いものですから、落ち着くまで公の場には出さないでおこうと考えています」

「独り占めですか。一目でいいのでお会いしたかったですな。噂では神のごとき美貌だとか。男性体だというのは本当ですか」

「神……かどうかはわかりませんが、美しい人なのは事実です。男性であることも本当です」

「それで身籠ることが可能なのですか」

「可能だと聞きました。ですが私は彼が子供を産めなくとも求婚したでしょう。恥ずかしながら一目惚れでした。絶対に自分の国に連れ帰って、生涯の伴侶にしたいと熱望したのです。族長の許しが得られたのは幸運でした」

アルベルトはつい調子に乗って、そんなことまで喋ってしまった。神のごとき美貌と噂したのがだれかはわからないが、確かにミカは美しい。美しいだけでなく性格は可愛らしい。甘えん坊で照れ屋で、抱けば甘く蕩けて、アルベルトに極上の快楽と安らぎ、そして癒しも与えてくれるのだ。

昨夜は結婚してはじめての独り寝を体験した。寂しさを感じながら、ミカのことを想った。今朝のミカはどうしているだろう。昨夜は眠れただろうか。いつものように朝食をとり、露台で竪琴でも爪弾いているだろうか。それとも王妃教育を受けているだろうか。

ミカのことを考えていたら、すぐにでも帰りたくなってしまう。帰るのは明日の朝だ。

（いや、今夜中にここを発ってもいいいな。祝いの会さえ出席すればいいんだし）

そうすれば、明日の昼には城に着ける。いきなり帰ってミカを驚かすのも一興かもしれない。

「アルベルト王、この離宮にはたいした娯楽はありませんが、ゆっくりとくつろいでください。明日の帰国の予定を延ばしても、こちらはいっこうにかまいません」

ザクリスはそう言ってくれたが、長居するつもりはない。

「ありがとうございます」

アルベルトは礼だけを口にした。

そして正午過ぎに祝いの会がはじまった。大広間にテーブルが並べられ、招待客たちが歓談しながら豪華な食事を味わう。ヴァレ王国は食材が豊かなのか、色とりどりの料理は見事だった。酒も上質なものが振る舞われたが、アルベルトは最初の乾杯しか口にしなかった。祝いの会が終わり次第、やはり帰国しようと思ったからだ。酔っていては馬に乗れない。

アルベルトは最上位の来客として遇され、ザクリスとその息子で王太子のテオドル、今日の主役であるソフィたちと席が近い。しかしテーブルがちがっていたので、もっぱら隣席に座るヴァレ王国の貴族と会話をしていた。

王太子のテオドルは三十代半ば。好青年といった印象だ。茶褐色の髪と瞳の穏やかそうな男で、娘と妻を愛し、理想的な家庭を築いているように見える。アルベルトは幸せそうな王太子一家を見て、自分もミカとこんな家族をつくれたらいいと、理想を思い描いた。

「神の末裔一族が住む島というのは、いったいどこにあるのですか」

隣の貴族から、やはりミカの一族について質問された。周囲の招待客たちも興味があるようで、身を乗り出してくる。

「王妃殿下はさぞかしお美しいのでしょうな。羨ましいです」

ミカのことをそんなふうに言われたら、やはり嬉しい。

本音を言えば、ここですこしは妻の自慢話をしたいところだ。けれどそれをしては一国の王としての品位に欠ける。あたりさわりのない言葉を選んで返答した。

護衛としてついてきているカールは大広間の中にはいない。カールたちだけでなく、ほかの貴族たちの護衛もすべて大広間両隣の控え室に押し込められているはずだ。その中でも主人の格に合わせた序列というものが存在しているのかな、とアルベルトが余計なことを考えたときだった。

「自国から急使が来ました。どうしても我が王に伝えなければならないことがあるので、入室を許可してください」

聞き覚えのある声が耳に入った。大広間の扉を守っているヴァレ王国の護衛兵と交渉しているのはカールだ。招待客数百人が雑談していてうるさいほどだったが、アルベルトはカールの声を聞きまちがえたりはしない。

「失礼」

アルベルトは隣の貴族にひとこと断ってから席を立った。まだ入室を許されないカールのもとへ、みずから出て行く。

「カール、なにがあったんだ?」

声をかけると、カールがはじかれたように振り返った。緊張感溢れる表情に、なにか緊急事態が起こったことを察する。

「陛下、こちらへ」

廊下の隅まで移動し、周囲に人がいないことを確認してから、カールが小声で伝えてきた。その内容に、アルベルトは「なんだと?」と大きな声を出してしまう。すぐに「静かに」とカールに窘められて口を閉じる。

「ミカが何者かに攫われた?」

瞬間的に、父が凶刃に倒れたときの記憶がまざまざとよみがえった。陽光にぎらりと光った暗殺者の剣と、白い大理石に散った鮮血。血だまりに父ではなくミカが横たわる光景を想像してしまい、目のまえが真っ暗になる。

目眩を覚えて壁に手をついたアルベルトを、カールが支えてくれた。

「アルベルト、王妃殿下の遺体は見つかっていない。攫われたんだ。生きている。きっとおまえの助けを待っている。しっかりしてくれ」

請うように言われて、アルベルトは頷いた。深呼吸を繰り返して落ち着こうと努める。

カールの言う通りだ。その場で殺さずに攫っていったなら、ミカはきっとまだ生かされている。なんとしても居場所を突き止めて助け出さなければならない。アルベルトが冷静さを失っていては、助かるものも助からなくなってしまう。

「わかる範囲で経緯を説明してくれ」

「昨夜、王妃の部屋に賊が侵入し、王妃殿下だけを攫っていった。不寝番の護衛は十人配置していた。侍従も五人、そしてピニ。半数が殺された。一命を取り留めてまともに話ができたのは、侍従二人だけだった」

「ピニは？」

「剣で胸を一突きされ、絶命したそうだ」

なんてことだ、とアルベルトはあの勤労意欲の塊《かたまり》のようだった少年を思い浮かべる。

ピニはただの世話係ではなく、ミカにとって大切な、唯一の同郷者だったのに。

「侍従二人の話から、賊は黒装束で十人以上はいたらしい。腕が立ち、身のこなしは軽かった。そして統率が取れていた。ならず者を金で集めたわけではなく、訓練された集団だろうということだ。荒事を専門とする集団を、だれかが雇ったのだと思う」

「その者たちを追跡したのか？」

「異変を察知した俺の部下たちが追ったが、途中で見失ったようだ。申し訳ない」

その後のことは、ついさっき到着した急使は知らなかった。おそらく事件の報告を受けたベルマンが、とりあえずアルベルトに知らせなければと早馬を走らせたのだろう。

「俺はすぐに戻るが、おまえはどうする？」

カールに尋ねられて、アルベルトは即答した。

「帰る」

悠長に祝宴に出ている場合ではない。大切なのはミカだ。中座してザクリスの機嫌を損ねたとしても、いまのアルベルトにはたいした問題ではなかった。これをきっかけに、ほぼ断絶していた国交を回復させて友好国として交流してもいいと考えていたが、それがなくなっても困らない。

「私はザクリス王に急な帰国を詫びてくる。そのあいだに荷物をまとめてくれ」

「わかった。門の外で待っている」

その場でカールと別れ、アルベルトは大広間に戻った。上座のテーブルについているザクリスに歩み寄り、声をかける。

「ザクリス王」

「どうしましたか、アルベルト王」

「急遽帰国することになりました。申し訳ありません」

ザクリスは驚いたように目を見開き、気遣わしげな表情になった。

「なにかありましたか」

「まだ詳しいことはわかりませんが、私の宰相が帰国を促しています。一刻も早く城に戻ったほうがいいと判断しました」

ここでミカが拉致《らち》されたと明かすわけにはいかない。焦燥《しょうそう》が顔に出ないようにしながら、アルベルトは落ち着いた口調を保った。

「貴国の宰相が？　それはゆゆしき事態ですな。いったいなにがあったのでしょう」

心配そうな口調ながらザクリスの目が笑っているように見えた。自国に関わりのない他国の出来事に野次馬的興味が湧いたのかもしれない。苛立ちを感じたが相手にしないことにした。

「テオドル王太子殿下、ソフィ殿下、中座をお許しください。それでは」

さっさと大広間を出て行こうとしたら、ザクリスが「待ってください」と引き留めてきた。わざわざ椅子から降りて、アルベルトのまえに立ちはだかる。

「ここから貴国の城まで、どれだけ急いで馬を駆けさせても半日かかります。いまからだと到着するのは夜中になりますよ。今日はこのまま食事会を楽しんでもらい、ゆっくりと眠ってから、明日の早朝に発つのが得策かと思いますが」

「いえ、一刻も早く戻りたいので、いまから発ちます。すでに護衛には出立の準備を整えるように命じました」

「途中で日が暮れます。夜道を馬で駆けるのは危険でしょう」

「大丈夫です、慣れていますので」

ザクリスがアルベルトの腕を摑んできた。どうして引き留めようとするのかわからず、アルベルトは困惑する。疑問が顔に出たのか、ザクリスが「こうなってはしかたがない」と、いきなり外交に関わることを言い出した。

「じつは今夜にでもあなたと重要な話をしたいと思っていました。正式に友好条約を結びませんか」

「突然ですね」

「私にとっては突然ではありません。ずっと考えていました。あなたはあの神の末裔一族の族長に認められた人物です。そんな若き王が統治する国と隣接する幸運を喜ばずしてどうするかと――」

「その申し出は大変ありがたいと思います。ですが、外交に関わることなので、国に持ち帰って重臣たちと話し合わなければなりません。日をあらためましょう」

「今日帰っても、明日帰っても、たいした違いはないでしょうが」

「いえ、あります」

こんな言い合いをしている時間が惜しい。摑まれた腕を振りほどくのは簡単だ。ザクリスは健康だろうが衰《おとろ》えが目立つ老年で、片やアルベルトは国王とはいえ日々肉体を鍛えている現役の騎士だ。

「予定通り、もう一晩、この離宮にご滞在願いたい」

ザクリスがアルベルトを逃がすまいとしているのか、腕を摑む力がぐっと強くなる。こうなってはザクリスにケガをさせないように腕をほどくのは難しそうだ。

「父上、アルベルト王の言われる通りですよ」

あいだに入ってきたのは王太子のテオドルだった。やんわりとザクリスの手をほどき、アルベルトを自由にしてくれる。

「日をあらためたほうが落ち着いた議論ができると思います」

テオドルがさっとアルベルトに目配せしてくれたので、手が届かないところまで下がり、距離を置いた。

「二国間の友好条約について、私も初耳でした。隣国と確固たる信頼関係を築きたいという父上の考えは、素晴らしいと思います。まずは私に詳しいお話を聞かせてもらえませんか」

息子に諭されて、ザクリスは勢いをなくした。

「それでは、失礼します」

その隙にと、アルベルトは急いで大広間を出た。ほぼ走るような速度で廊下を移動し、離宮の正面玄関から外へ飛び出す。正門前にはカールが親衛隊員たちとともに待っていてくれた。

「すまない、待たせた」

「なにかあったのか?」

「ザクリス王に引き留められた」

「王に？」

カールはちらっと離宮を振り返ったが、アルベルトが馬に乗るとすぐに隊員たちに護衛の陣形を取らせて出発の号令をかける。一行は自国の城を目指して離宮をあとにした。


アルベルトたちが城に帰り着いたのは日付が変わる直前だった。

飛ばすアルベルトとカールについてこられず、途中で何人かの親衛隊員が脱落した。なんとかついてきた隊員たちは、城に到着するやいなや馬から落ちるようにして地面に座り込み、肩で息をするありさまだった。

アルベルトとカールは馬を降りると城内に入り、ベルマンのもとへと駆けた。もともと備わっている超人的な体力とミカを案じる気持ちが、アルベルトを突き動かしている。

城の中は、すでに夜中になっているのにザワついていた。まだだれも眠りについていないような落ち着かなさだ。

「ベルマン、いったいどういうことだ！」

正門の伝令よりも早く宰相の執務室に駆け込んだアルベルトを、悲痛な面持ちのベルマンが迎えた。その横にはピニがいて、ギョッとした。

「ピニ？　賊に殺されたのではなかったのか？」

驚いたアルベルトに、ピニはにこっと笑った。着ている服の胸が小さく破れている。剣で刺されたあとではないかと問うまえに、「わたくしは大丈夫です」と言われてしまった。

「大丈夫ではないだろう。胸を剣で一突きにされたと聞いたぞ」

「わたくしはそもそも人ではありません。刺されても死なないので大丈夫です。ただ意識が戻るのに時間がかかってしまうのが難点ですが」

「人ではない？　どういうことだ？」

どこからどう見ても、ピニは生きている人間だった。もしかして古《いにしえ》の魔道というもので死者を動かしているのだろうか。

警戒心からつい腰に佩いた剣に手をやったアルベルトに、ピニが苦笑いする。その笑い方はとても少年には見えず、大人の男のようだった。

「わたくしは族長の髪の毛から作られた人形です。島の花嫁候補にはひとりに一体ずつ、わたくしのような不老不死で疲れ知らずの世話係がつくことになっています。わたくしと族長は魂で繋がっていますので、いつでも連絡を取ることができるのです」

はじめて聞く話だった。にわかには信じられないが、剣で胸を刺されたピニがこうして元気に動いて話していることから、事実らしいと認めるしかない。いったいどういう原理で動いているのか詳しく聞きたいところだ。しかし、いまはそこを追及する時間も余裕もない。

ベルマンの顔色が悪い。ピニが人らしからぬ蘇生を果たしたからだろうか。しかしすぐにそうではないとピニの証言からわかった。

「陛下、わたくしはミカさまが拉致されたときのことを覚えています」

「なんだと？」

「そのとき、わたくしは胸を刺されて床に倒れていました。いったんすべての動きが止まってしまい声も出せなくなったのですが、目と耳はちゃんと働いていました。賊は依頼を受けて汚れ仕事を引き受ける集団のようで、『軟禁されている王妃をここから救い出せ、というのがわれわれに寄越された依頼だ』と話していました」

「軟禁？　救い出す？」

いったいだれのことだ、ミカのことか？　だれがそんな妄言を吐いたのかと、アルベルトはピニに迫る。

「陛下、昨日の昼間、ミカさまは『あなたを幸せにできるのは私です』『私がきっと助けて差し上げますから』と、ある人物に言われました」

「なんだと？　それはだれだ！」

「ラルス・ベルマンです」

ピニがベルマンを振り返ると同時に、アルベルトも宰相を見た。

顔色をなくして棒立ちになっているベルマンは、アルベルトの腹心であり王座奪還の功労者だ。つねに沈着冷静で、博識な常識人として信頼されてきた。森の砦では二十年にわたりアルベルトとカールたちを教育してくれた。五歳で父親を亡くしたアルベルトの父親代わりでもあった。

その男が、蒼白になってなにも言えずにいる。

いまここにいるのは切れ者の宰相ではなく、甥の疑惑に動揺する、ただの伯父だった。

「ラルスはどこだ？」

宰相の執務室の中に、ラルスの姿はない。補佐になるべく勉強中だといって、たいていの時間を伯父のそばで過ごしていたのに。

「これを昨日の夕方、預かっておりました」

ベルマンが差し出したのは一通の書状だ。そこには、ここのところ体調が思わしくなく、おそらく気鬱《きうつ》の病だと思われるので、しばらく休養したい――と、流麗な文字で綴《つづ》られている。ラルスの署名入りだ。

悲痛な表情でベルマンが話し出す。

「昨日の昼間、ラルスは王妃殿下に不敬な発言をしました。ピニが、いま言ったようなことです。ピニからそれを聞いた私は、忠誠心を疑われるような言動は控え、二度と王妃殿下に近づくなとラルスを叱責しました。その後、これを渡してきたのです。驚きましたが、私に厳しい言葉をかけられて意気消沈したのだろうと、反省し、しばらく休んで英気を養い、ふたたび政務に励んでくれるなら……と、許したのです」

「それでラルスはいまどこにいる」

「ラルスの居場所はわかっていません」

帰国した王と親衛隊長への報告のために来ていた隊員が、後ろから声を張り上げた。

「昨夜からベルマン邸には戻っておらず、郊外の別荘にも立ち寄った形跡がありません。身の回りの貴重品は消えているそうです。領地に戻っている可能性があるので、人を向かわせています。ラルスの足取りと王妃殿下の捜索に、現在全力を注いでおります」

「わかった。引き続き頼む」

アルベルトはベルマンに歩み寄り、肩に手を置いた。そんなに力を入れていたわけではないのに、ベルマンは殴られたようにふらつく。それを支えてやり、椅子に座らせた。

「ベルマン、まだ主犯がラルスと決まったわけではない」

「いいえ、きっとラルスです。甥はおのれの立場もわきまえず、王妃殿下に恋情を抱いておりました。申し訳ありません、陛下。私の身内が、とんでもないことを……」

掠《かす》れた声で謝罪しながら項垂《うなだ》れる。

「妹が遺したたったひとりの甥に、特別目をかけていたのがいけなかったのでしょうか。こんな大それたことをしでかすなんて……。すべて私の責任です。しかし、私は今回の件に一切関与しておりません。それだけは信じてください」

「おまえを疑ったことなど、いままで一度もない。これからもないだろう」

アルベルトがきっぱりと言い切ると、ベルマンは目を潤ませた。

それからすぐに休憩も取らず、アルベルトはカールとともにミカの捜索に加わった。軍も動員する大規模な捜索となった。

ミカは黒装束の男たちに簡素な馬車に乗せられ、丁重ではないが粗雑でもない扱いを受けつつ、移動させられた。定期的に馬車は止められ、ミカに水と食糧が差し入れられた。男たちは途中で一般庶民が身につけるような服に着替えていた。

◇

馬車の窓は木板でふさがれ、空気穴程度の隙間しか開いていない。外の景色を見ることがかなわず、ミカは馬車がいまどこを走っているのかもわからなかった。そもそも景色を見ることができても土地勘がないミカが、どこまで現在位置を確認できたか未知数だ。

長いあいだ悪路を進んでいるようで馬車はかなり揺れた。それは一昼夜続き、ミカは疲労困憊した。こんなに長時間、馬車に乗ったことはなかったからだ。二十歳になるまで島から出たことがなかったし、アルミラ王国に輿《こし》入《い》れしたときはカレルヴォの神通力で瞬間的に移動した。

だから、がたがたの悪路から整備された道に戻ったと気づいたときは、ひそかに喜んだ。

(いったいどこへ連れて行く気なんだろう?)

王都から出て田舎道を走り、そのまま人里離れた屋敷にでも連れ込まれ、そこで待ち構えていたラルスに陵辱《りょうじょく》されるのかと思っていた。整備された道になったということは、またどこかの街中に入ったのだろうか。

おそらく、もう翌々日になっている。アルベルトが帰国する予定の日だ。ミカが攫われたと報告を受け、きっといま頃探してくれているはず。しかし、馬車は休むことなく走り続け、ずいぶんと遠くまで来てしまった。ミカの居場所を探すのは大変だろう。

男たちの隙を突いて逃げることも考えたが、ミカは武術はまるで駄目だし神通力が使えるわけでもない。あっというまに捕まって男たちを怒らせ、いまよりも酷い扱いを受けるのが関の山だ。

(侍従と騎士たち、何人が助かっただろうか……)

黒装束の男たちに斬り倒された侍従と騎士たちが心配だった。何人かは生き残ってくれているようにと、祈るばかりだ。胸を刺されたピニのことは、まったく気にしていない。刺されたときについうっかり動揺してしまったが、そういえばピニは不老不死だったと、馬車に乗せられてから思い出した。

けれどミカの大切な従者であることは変わりない。彼がいない日常は、もはや考えられなかった。

(アルベルト、ピニ、早く私を助けに来て……!)

馬車は整備された道をしばらく進んだあとに止まった。外側から鍵がかけられていた扉が開き、フード付きのローブを渡された。

「髪が目立つからそれを着ろ。ほら、さっさとしろ」

あまり上質な生地ではないうえに草の汁で染めたような色だったが清潔そうだったので、

ミカは文句を飲み込んでそれを羽織った。フードで頭を覆い、馬車を降りる。

目の前には瀟洒な建物があった。壁は白く、窓枠は洒落《しゃれ》た意匠のアイアン製。透明度の高い板ガラスが使われている。二階建てで、まだ新しかった。

裕福な貴族の別荘のように見える。ちらりと視線を巡らせてみれば、美しく整えられた庭に囲まれていた。ちいさいながらも噴水があり、絶え間なく水音をさせている。庭を囲む塀が見えないことから、敷地はかなり広いようだ。

「ここは、いったい……」

「さっさと中に入れ」

背中を小突かれ、ミカは開け放された両開きの玄関扉から中に入った。すると背後で扉が閉められる。

黒装束の男たちはここにミカを送り届けることまでが仕事だったようで、ひとりも屋敷の中までは入ってこなかった。馬車が走り去る音だけが聞こえた。

玄関ホールには五人の男女が並んでいた。揃いの服装と控えめな態度から、この家の使用人だとわかる。唖然としているミカに、彼らは一方的に挨拶をした。一通りの自己紹介が済むと、女性使用人のひとりが歩み寄ってくる。

「ミカ様、長旅でお疲れでしょう。まずは湯浴みをして寝室でお休みになられてはいかがでしょうか」

ここで頑なに断るほどミカに元気は残っていない。一昨日の夜中に拉致されてから馬車の中で横になって眠ることができず、着替えもしていない。湯浴みと寝室という単語が魅力的すぎて、ミカはふらふらと女性使用人のあとをついていった。

「フードを外していただいてもかまいませんが、窓にはできるだけ近づかないようにお願いします」

注意を受けて、自分がまだ囚われの身だと実感する。だれが用意したか知らないが、ここは豪華な檻《おり》なのだ。廊下の片側に並ぶ窓には細かく編まれたレースのカーテンがかけられており、いまが昼間であることがわかる程度には陽光が差し込んでいる。しかし外から窓の内側を窺おうとしても、レースが邪魔で鮮明には見えないようにしてあった。

案内された浴室は蔦《つた》の模様が描かれたタイルが敷き詰められており、無駄な装飾はなく、洗練されていて美しかった。ローブを脱ぎ、一昨日の夜のままだった寝衣も脱ぎ捨て、ミカは温かな湯で満たされた浴槽に身を沈めた。

馬車の旅で凝り固まっていた体が解れていく。ひとつ息をつき、染みひとつない白い天井を見上げた。

（ここはどこだろう……）

意匠のひとつひとつが、アルミラ王国のものとは微妙に異なっている。おそらく隣国のどこかに連れて来られたのだ。ミカには建築や造園の違いで国が識別できるほどの知識がない。現在地を聞いても教えてもらえないだろうな、と湯上がり用の布を用意してくれている女性使用人を見遣った。

「なにかお手伝いをいたしましょうか」

「いや、いい。ひとりにしてもらうことはできるだろうか」

「かしこまりました」

女性使用人は従順に浴室から出て行ってくれた。手が届かないほど高い場所に明かり取りの窓があるだけで、浴室から外に逃げ出せるとは思えないからだろう。ミカもここから全裸で逃げ出すつもりはない。

ひとりで湯に浸かりながら、いったいだれがミカの誘拐を企《くわだ》てたのか、と考える。

こんな屋敷を準備していたことからも、ミカを殺すつもりはないようだ。最悪、馬車から降ろされたらすぐに陵辱されるかもと覚悟していたが、まだ猶予を与えてくれるつもりらしい。

（やはり、ラルスかな）

ラルスだとして、アルミラ王国の外にこんな屋敷を所有できるほどの財産と人脈を持っていたのか？　自分の領地があるようだが、それほど貯め込んでいたということか？

もしかして、この屋敷は借りているのかもしれない。そうすると、ラルスに貸したのはだれだ。他国の王妃を秘密裏に滞在させることを了承するのは、よほどのことだ。

あの男、なにをどう勘違いしたのか、ミカを「囚われている」と解釈し、「助け出す」と勇者気取りの発言をしていた。屋敷の所有者にミカの窮状（ラルス視点）を訴え、同情させたのだろうか。

（私のことをそこまで思うなら、嫌々でアルベルトのそばにいるかどうかわかりそうなものだろうが）

ミカは自分で選択してアルベルトのもとにいる。誠実な彼のために、ふさわしい王妃になりたいという気持ちになってきた。子供を産むことも、いまでは義務とは思っていない。自分が選んだアルベルトという男と体を繋げて、日々を重ねていくうちに心を通じ合わせて、その結果として授かれば嬉しい。

（どうしてまだ身籠らないのかな。あれだけしているのに）

不満はそれだけだ。コツがあるのだろうか。もしかしてやりすぎてもいけないのだろうか。適度に間を空けたほうがいいなら、アルベルトと話し合って回数を減らせば――。

そこまで考えて、ため息をついた。無事にここから助け出されて、ふたたびアルベルトに会える日が来るかどうかわからない。

（こんなことなら、最初からもっと素直になって、好意を示せばよかった。なぜだか、あの男のまえに出ると捻くれた物言いしかできなくて、いつも後悔して、ピニに小言を繰り返されて……）

はじめて会ったときから好きだったと、言えばよかった。花を切って贈られて、とても嬉しかったと態度で示せばよかった。立派な王であるあなたに釣り合う王妃になりたい、と言えばよかった。ピニからベッゼルへと伝言遊戯のようにアルベルトに伝えるのではなく、自分で思いを言葉にすればよかった。きっとアルベルトは満面の笑顔を浮かべて、喜んでくれただろう。

（アルベルト……）

じわりと目が潤んできて、ミカは嗚咽《おえつ》がこぼれそうになるのをぐっとこらえた。

「ミカ様、体調に変化はございませんか。大丈夫ですか」

あまりにも静かに蹲《うずくま》っていたせいだろう、女性使用人が様子を窺いに来た。「大丈夫だ」と答え、ミカは湯浴みを終わりにした。用意されていたのは肌触りのいい、ゆったりとした部屋着だった。

「軽食を準備しました。召し上がりますか？」

あまり食欲はなかったが、喉が渇いていた。お茶が欲しいと頼みながら隣の部屋へと移動する。そこに思いがけない――いや、ある意味、想像通りの男の姿があり、ミカは足を止めた。

ラルスが笑顔でそこにいた。

「王妃殿下、いいえ、いまからミカ様とお呼びします。ようこそ、金糸雀《カナリア》の館へ」

「金糸雀の館？」

「ご存じないですか？　金糸雀を」

「それは知っています」

「金糸雀は金色の小鳥です。声がよくてきれいな歌声を聞かせてくれるのです。ミカ様をこの屋敷にお連れすることが決まったとき、私が名付けました。ぴったりでしょう？」

得意げに胸を張るラルスを、ミカは胡乱《うろん》な目で見遣った。やはりこいつは馬鹿だ、と心の中で呟く。

「馬車での長旅でさぞかしお疲れでしょう。ささ、どうぞ、こちらに軽食の用意が整っています」

部屋の中央に丸テーブルが置かれ、白いクロスがかけられていた。女性使用人が、そこに花を飾り、焼き菓子の皿を並べる。ワゴンに乗ったポットからは湯気がたっているのが見えた。お茶の香りがしている。

ミカは立っているのが辛く、しかたなく椅子に座った。すぐに女性使用人がカップに琥珀色のお茶を注いでくれる。向かい側の椅子にラルスが座り、目を輝かせながらミカを見つめてきた。

熱いお茶は美味しかった。馬車の旅の最中はこんな淹れたてのお茶はとうてい望めなかったから、じっくりと味わう。目のまえにラルスがいなければ、もっと美味しかっただろう。

「ミカ様、こちらの菓子は私が街で買い求めてきたものです。評判の店らしくて、午前中でいつも完売してしまうそうなんですが、私が店主と交渉してすこし分けてもらったのです。あなたのために私がみずから店主に話をつけたのですよ」

手柄を立てたのだから褒めてほしい、と子供のように無邪気な表情で皿を勧めてくる。

ミカはそれを無視して、「いくつか質問したいことがあります」と口を開いた。

「私の誘拐を企てたのは、あなたなのですね？」

「誘拐だなんて。私はミカ様を助け出したのですよ」

首謀者だと認めた。自分は正義の味方だとでも思っているのかもしれない。

助けてくれなどと一度も頼んだことがないのに、と呆れつつも、ここで冷静さを失っては駄目だと自分に言い聞かせる。

「私を城から連れ出した黒装束の集団を雇ったのは、あなたなのですね」

はっきりと言質《げんち》を取るために具体的に聞いた。ラルスは「私です」と躊躇いもなく頷く。

「護衛の騎士や侍従たちを殺してもかまわないと指示を出しましたか」

「正義のためにはやむを得ないことでした」

沈痛な面持ちをしてみせるラルスだが、まったく悪いと思っていないことはすぐ笑顔になったことからわかる。

「私は囚われのミカ様を救うために手を尽くしました。そしてミカ様のこれからの生活にふさわしい屋敷をと思って、ここを用意しました。どうですか、居心地がいいでしょう」

「……ええ、とてもきれいな建物ですね。まだ新しくて、贅沢な造りになっています。私のために、あなたが建てたのですか。ずいぶんと散財させてしまったのではないですか」

屋敷を褒めるとラルスは得意げな顔になった。しかし散財させたのでは、と気遣うと視線を逸らす。

「その、私が建てたと言えたらよかったのですが、残念ながらそれほどの財産はありません。ここは借りたのです。私の考えに賛同してくれる方から」

「だれに借りたのですか」

ミカは努めて柔らかな声音を使った。賛同者がだれなのか知りたい。

「……知りたいのですか？」

「それは、もちろん。私からもお礼を言いたいですし」

「ああ、そうですね。なるほど、お礼ですか。とてもいい考えです」

ラルスは満面の笑みになって何度も頷いている。おめでたい男だ。

「ぜひミカ様から礼状を出してください。私とあなたのこれからの生活のために、あの方はずいぶんと尽力してくださった。もちろんそれだけのことをしてもらったので見返りがありますが、それは大丈夫でしょう」

早く言え、そいつの名前を言え、とミカは内心で苛立ちつつも、微笑を保った。

「礼状ですか。直接お会いすることはできないような方なのですか？」

「そうですね……たぶんそう簡単にはここに来られないでしょう。なにせ、ここを訪問する理由がない。あなたをここから出したくありませんし……。私がお会いしたのも離宮でした」

「離宮？」

別荘や別宅ではなく、離宮？　もしかして一国の主とか、それに近い地位に就いている人物ではないか？

「一度しか、私もお会いしていません。あの方は用心深い性格ですし、私もそう何度も遠出はできませんからね。けれど一度だけで心は通じ合いました。それ以降はすべて手紙のやり取りで準備を進めました」

「……どなたですか」

「驚かないでくださいよ、ミカ様。私の訴えを聞いてくださり、ミカ様に同情を寄せて、この屋敷を提供してくださったのは――ザクリス・ヴァレ様です。ヴァレ王国の国王陛下なのです」

驚かないでいられるわけがない。一国の王が、隣国の王妃の誘拐に手を貸したというのか。こんなことが露見したら二国間で戦争になりかねない。

かつてザクリスは神の末裔一族から花嫁をもらいたいと申し込んだことがあると、カレルヴォに聞いた。しかしその願いはかなわなかった。四十年もまえのことだ。

もしかしてそれが今回のことに繋がっているのだろうか。

「つまりここは、ヴァレ王国内なのですか」

「そうです」

ヴァレ王国のどこだろう。アルミラ王国の王都からどれだけ離れているのだろうか。

アルベルトがここを探し当てられる日は来るのか――と、ミカは絶望しかかった。

（いや、諦めたら駄目だ。向こうにはピニがいる。カレルヴォを呼び寄せて、神通力で私の居場所を探せるかもしれない）

そこに一縷《いちる》の望みを抱いて、自暴自棄《じぼうじき》になりかけた気持ちを立て直す。

「それは本当なのですか。一国の王が、いくら私を救うためとはいえ、犯罪行為に手を貸すなど信じられません」

「ザクリス王は見返りさえもらえればいいと、喜んで私にこの屋敷を貸してくれましたよ」

「見返り、ですか。それはいったい——」

「子供です」

ラルスが不意に粘つくまなざしで見つめてきた。

「ザクリス王は、あなたの子供が欲しいそうです」

「……なんですって？」

子供？　だれの？　だれの子供が欲しいと？

「今夜にでも簡易的な式を挙げましょう。私はあなたの夫になり、あなたは私の妻になる。そして子供をつくりましょう。何人も、できるだけたくさん欲しいですね。ザクリス王は高齢で、もう自身では子供をつくれないので、私とあなたのあいだに生まれた子供をひとり、もらい受けたいということです。私は了承しました。この屋敷は、あなたが子供とともに暮らすための場所なのです」

ミカは座っているのに目眩《めまい》で倒れそうになった。

なんという妄執《もうしゅう》だろう。ザクリスはそれほどまでに神の末裔一族に憧憬《しょうけい》を抱き、花嫁を欲し、老境に達したいま、諦めるのではなくせめて子供だけでも手に入れたいとラルスの要求に応じたのか。

「私はアルミラ王国からたびたび通います。今回、伯父に休養の申請をしたので、しばらくはここに滞在するつもりですが」

「お忘れですか、私はアルベルトとすでに夫婦です。離婚が認められないかぎり、あなたと結婚したら重婚になってしまいます」

「その点はちゃんと考えています。あなたとアルベルト王はアルミラ王国の法律に則《のっと》って結婚しました。しかしここはヴァレ王国。この国の法律に沿えばいいのです。ザクリス王がこちらの裁判所を動かして、ミカ様とアルベルト王の離婚を成立させると約束してくださいました。それも今日中に、です。夜になるまえに通知が届くでしょう。そうすれば、私と結婚できます。晴れて私たちは夫婦です」

いや、望んでいないし——。

ミカはため息を飲み込み、どうしたものかと思案する。アルベルトとの離婚が成立してしまったら、ラルスはすぐにでもミカと夫婦になって子作りをするつもりだろう。想像しただけで背筋がぞっとする。

（こんな男と性交するなんて悪夢だ。絶対に嫌だ）

けれどミカひとりの力では、ここから逃げ出せない。秒で捕まって軟禁どころか、こんどは手足を鎖で繋がれて監禁されるかもしれない。外から助けが来るまで、我慢してラルスの言いなりになり、時間稼ぎをするか……。

（いやいや、寝台に押し倒された段階でこの男を殴りそうだ。おとなしく言いなりになれるものか。生理的に無理。体が拒否する。無理無理無理無理無理！）

ミカは苦悩する表情を見られないように俯いた。抑えてもこぼれてしまうため息に気づいたらしく、ラルスが「どうかしましたか」と尋ねてきた。そこでとっさにミカは体調不良を訴えた。

「じつは吐き気がするのです。倦怠感《けんたい》もありますし……」

「それはいけませんね」

「もしかしたら身籠ったのかもしれません」

「えっ……」

ラルスが息を呑んで硬直した。その可能性を考えていなかったのかもしれない。

結婚してからもう三ヶ月近くがたっている。懐妊していてもおかしくはないのだ。つわりらしい兆候はないが、できていないとミカ自身はっきり言えるわけではない。

「すこし休ませてもらってもいいですか」

「あ、はい……」

言葉すくなく、やや呆然としているラルスを放って、ミカは席を立った。

とりあえず聞き出したいことは聞けた。誘拐の首謀者と目的、現在地はわかった。だからといって解決策はなにも思い浮かばない。とりあえずミカにできることは時間を稼ぐことだけだ。妊娠の可能性を口にして体調不良を訴えれば、きっとラルスは性交を無理強いしてこないだろう。そう考えながら寝台に座り込む。

「アルベルト……」

早く助けに来て、と念じる。

（私はここにいる、早く、早く来て。来てくれないと、私はあの馬鹿と、子、子、子作りをさせられるんだぞ！）

枕をむんずと掴み、思い切り床に叩きつけた。枕をラルスだと思って、何度も何度も怒りをこめて叩き、さらに踏みつける。かなり丈夫に縫われている枕らしく、ミカの暴力をすべて受け止めても破れることはなかった。それもまた腹が立つ。

（破れろよ、丈夫すぎる枕なんて嫌いだ！）

ぜえぜえと肩で息をしながら、最後は壁に投げて終わった。寝台に倒れ込み、滑らかな肌触りの敷布に顔を埋める。悲しみと寂しさがどっとのし掛かってきた。

（アルベルト……）

夫が恋しい。きつく閉じたまぶたの裏が涙で濡れた。

◇

「ラルスの足取りが掴めたかもしれないぞ」

カールからの吉報に、アルベルトは目を輝かせた。天幕の中央に置かれたテーブルに、カールが地図を広げる。

「王妃殿下が拉致された夜、隣町でラルスらしき男を泊めたという宿が見つかった。宿帳に書いた名前は別人だが、人相はかなり似ている。宿の主人は夜中に変な男が訪ねてきたので不審に思い、よく覚えていたそうだ」

「変な男が訪ねてきた？」

「俺は、そいつは王妃殿下を拉致した一味のひとりで、首尾を報告するために立ち寄ったんじゃないかと思っている。人目を避けるような黒い長いマントを着ていて体つきはわからず、顔は目だけを出して鼻から下を黒い布で覆っていたそうだ。そいつはラルスと思われる男の部屋で半刻ほど過ごしたあと、黙って出て行った」

「なるほど」

報告に立ち寄った、というカールの推理は当たっているかもしれない。

ミカが城から拉致されてから丸二日が過ぎていた。本来なら今日が、アルベルトがヴァレ王国から帰ってくる日だ。王都の中はすでに捜索し尽くされ、ミカはもっと遠くへ連れ去られたと判断して、街道沿いに外へ外へと捜索範囲は広がっている。アルベルトは軍を引き連れて王都の外側に陣を置き、あちらこちらから届く報告を受け取っていた。

ミカの居場所が判明ししだい、すぐにでも動けるように準備している。

「そのあと、ラルスらしき男は？」

「夜が明け切らないうちに出立したそうだ。その後、街道を東に進んだことはわかっている」

「東か」

昨日の昼過ぎに、アルベルトは東に位置するヴァレ王国から戻ってきた。とにかく急いでいたので、身を隠しながらの移動ではなかった。逃亡中のラルスと遭遇していたとしても、怒濤《どとう》の勢いで馬を駆るアルベルト一行にすぐ気づき、避けられていただろう。

「ミカを乗せたと思われる馬車は？」

ミカは馬に乗れるそうだが、拉致したあとの移動は馬車しか考えられなかった。それに中を見られないよう、箱馬車でなければならない。華美ではなく、ボロでもない。ある程度の速度を出しても耐えられるような頑丈なものでなければいけない。そんな馬車を探させていた。

馬車ならば道なき道を進むわけにはいかないので、街道沿いに聞き込みをすれば見かけた者が絶対にいるはずだと思っていた。案の定、一切の装飾がなく、窓に板が打ち付けられた箱馬車が走っていくのを何人かが目撃している。街道沿いに住むあらゆる職業の民たちに、カール配下の者が根気強く聞き込みした結果だ。

「例の馬車は、どこにも立ち寄った形跡がない。ただ、街道沿いの馬屋で、正体不明の男が馬車を引く馬を交換してほしいと言ってきて、馬だけを連れてきたそうだ。その男は商人を装っていたが、手に剣ダコがあった。馬屋はそれに気づいたが、謝礼がよかったので、なにも問わずに交換したらしい」

「馬車の行き先は？」

「東だ」

そうか、とアルベルトは頷き、地図をじっと見つめる。我が国の東にある、ヴァレ王国。ピニからヴァレ王国のザクリス王が、四十年前に神の末裔一族から花嫁を娶ろうとしていたことを聞いた。どうりでミカのことを詳しく聞きたがったはずだ。できればミカに会いたかったにちがいない。

東だ。すべては東を指している。

「カール、ピニを呼んでくれ」

命じるとカールはすぐに天幕を出て行き、四半刻もしないうちにピニを連れて戻ってきた。城にいるはずのピニがこれだけ早くアルベルトのまえに出てこられるわけがない。

「そのうちお呼びがあると思い、城門の外で待機しておりました」

ピニはにっこりと笑ってアルベルトのまえに跪《ひざまず》く。さすがカレルヴォの分身だなと感心しつつ、いままでにわかったことをピニに話した。

「私はいまから東に向かおうと思う」

アルベルトの決断を聞き、カールが天幕の外に控えている自身の副官になにかを耳打ちした。出立の準備を命じたのだろう。

「陛下は、ミカさまはこの地から東にあたる土地にいらっしゃるとお考えですか」

「ちがうのか?」

「いえ、正しいと思います。具体的に言いますと、ヴァレ王国ではないかと」

ピニはやけに確信をこめて隣国の名を口にした。

「そう言い切れるのはなぜだ?」

「族長さまが教えてくれました」

「なんだと?」

思わず周囲を見回したが、当然天幕の中にカレルヴォの姿などないし、気配も感じられない。どれほどの人間離れした能力の持ち主かわからないが、もしカレルヴォの助力が望めるのなら、即座にミカを助け出すことができるだろう。しかし、「いらしていませんよ」とピニがあっさり希望を砕く。

「族長さまはわたくしたち島民出身者の近況を、知ろうと思えばいつでもすべて知ることができる神通力をお持ちです。わたくしがお呼びすれば、すぐにでもここに現れてくださいますが、いまは非常にお忙しいようで――」

「忙しい? ミカの危機なのに、それ以上に優先することなどあるのか?」

「現在、花婿候補の男性方が多数、島に滞在しているそうです。族長が島を離れるわけにはいきません」

そんな奴らは放っておけ、と喉まで出かかったが、アルベルトは自制心を総動員して飲み込んだ。自分もそうして島に滞在していた身だ。確かにその期間に族長が不在ではいろいろと不都合があるだろう。

「なので、族長さまはわたくしに神通力を分けてくださいました」

ピニが立ち上がり、アルベルトに近づいてきた。「ちょっと屈んでください」と頼まれて体勢を低くする。

「陛下に族長さまの神通力を移します」

どうやって、と疑問に思ったアルベルトのまえで、ピニの右手の人差し指の先がぽうっと赤く光った。その指がアルベルトの眉間に押しつけられる。痛いほどの熱を感じてとっさに身を引いた。ピニの指はもう光っていなかった。

「アルベルト！」

驚いた顔でカールが駆け寄ってくる。やけどをしたようにズキズキと熱く痛む眉間を、カールがてのひらで擦ってきた。摩擦熱でもっと痛くなり、カールの手を退ける。

「あ、消えている……」

手元に鏡がないのでアルベルトは見ることができなかったが、眉間に指のあとが赤くついていたらしい。それは数秒で消えた。

「ピニ、おまえなにをした？」

「ですから、族長さまの神通力を移しました。この力はミカさまのもとへと陛下を導いてくれると思います」

「えっ？　そんな力を私は授かったのか？」

「あくまでも一時的です。ミカさまをお救いすることができたら消えます」

「なるほど。ありがたい」

「本当にそんなことがありえるのか？　おまえ、アルベルトを呪ったりしたわけではないよな？」

ピニを疑うカールの背中を叩き、アルベルトは「信じろよ」と宥める。藁《わら》にも縋りたい心境なのだ。きっと信じればカレルヴォの加護が受けられる。なにせ神の末裔だ。

ピニを促して天幕を出る。背後で兵士たちが天幕を素早くたたみはじめた。アルベルトとカールの馬が引かれてくる。アルベルトはピニを振り返った。

「かならずミカを連れて帰ってくる。城で待っていてくれ」

「よろしくお願いします」

ピニが丁寧に頭を下げるのに頷き、アルベルトは騎乗した。

東の方角を向けば、ほんのりと眉間があたたかくなる。気のせいかと思ったが、試しに西を向くとなにも感じない。東を向いたときだけ、眉間が熱を持った。

「なるほど、こういうことか」

ミカがいる場所に正しく向かえば、カレルヴォの神通力を移された体が反応する仕組みになっているらしい。

「よし、行くぞ」

カールに声をかけると、親衛隊員と正規軍の騎馬兵が隊列を組んだ。ピニに見送られ、一行は街道を東へと向かった。

◇

ミカは妊娠を匂わせて体調不良を訴え、時間を稼ごうと思っていた。しかし、ラルスはそれほど甘くなかった。夜になってからミカの寝室までやってきたのだ。

「夕食は適度な量を召し上がったと聞きました。体調がずいぶんと回復したようですね。よかったです」

「あ、いえ、その、美味しかったので……」

「あなたのために厳選した料理人を雇いましたからね」

食事の量をラルスに報告されることくらい予想できた。うかつだった。

ミカは本日二度目の湯浴みを済ませ、すでに寝衣に着替えている。寝心地がよさそうな寝具を早く確かめたくて寝台に上がったところで、ラルスがいきなり入ってきたのだ。

隣の部屋で不寝番をしているはずの使用人たちは、なぜ止めなかったのか。もしかしてラルスは自由に出入りしていいことになっているのか。

「ミカ様、おなじ屋敷の中にあなたがいると知っていて独り寝ができるほど、私は涸《か》れておりません。あなたのことを考えれば考えるほど眠れなくなるのです。目が冴え、体が熱を帯び、男としての本能があなたを求めてやまないのです」

(それはつまり性交したい、ということだろう。もって回った言い方をしても意味はおなじだ、馬鹿者)

そのためにミカを攫ってきたわけだから当然だろうが、言いなりになるわけにはいかない。アルベルト以外の男に抱かれるのは嫌だ。

「ラルス殿、私は妊娠している可能性があります。無理をさせないでください。馬車の旅でもうじゅうぶん体には負担をかけてしまっていますから――」

「あの男との子供なら、流れてしまってもかまわないではないですか」

とんでもない暴言を吐かれ、ミカは絶句した。

「な、流れ……?」

「ええ、私はそうなったほうがいいと思います。あんな血筋だけの粗野な男ではなく、私と子作りしましょう」

唖然としてなにも言えなくなる。しかしすぐに驚きは怒りに変わり、軽蔑のまなざしをラルスに向けた。

「流れてしまってもかまわない？　本気で言っているのですか。もしそうなってしまったとき、それが私の心身にどれほどの打撃を与えるか、すこしでも考えたことがあるなら出てこない言葉ですよ。あなたは私を大切にしようとは思わないのですか」

「もちろん大切にしようと思っています」

「とてもそう受け取れません。あなたは私の体さえ手に入ればいいのですか。心は必要ないのですか」

爆発しそうな気持ちを精一杯抑えたが、声が震えそうになってしまう。冷静さを失ってはいけない。非常事態であればあるほど落ち着かなければ、と自分に言い聞かせる。けれどラルスの心ない言葉はミカを深く傷つけていた。

「アルベルトなら絶対にそんなことは言いません。あの男は確かに洗練されているとは言えないけれど、あたたかな心があります。あなたからは心が感じられません」

「ミカ様、それは酷い言い様だ。私はあなたを愛しています。深く深く、心からあなたを、あなただけを愛しています。信じてください」

両手を広げて近づいてくるラルスから、ミカは後ずさりして距離を取った。

「それ以上こちらに来ないでください。私はあなたに抱かれるつもりはありません。私に触れていいのはアルベルトだけです」

「あの男はいま頃自分の城の中でオロオロしていますよ。探しても探しても、あなたを見つけることなどできない。まさか隣の国に連れ去られているなんて想像もしていないでしょう。あなたを庇護《ひご》できるのは私だけです。私を拒絶してもいいことなどひとつもありません」

「近づかないでくださいと言っています」

ミカの願いを無視してラルスは歩み寄ってくる。笑みさえ浮かべて。ミカの気持ちを無視している。

やはりミカの心などいらないのだ。体だけを欲しているとしか思えない。それとも、体を攻略してしまえば、そのうち心がついてくると甘いことを考えているのだろうか。

（アルベルト！）

心の中で夫に助けを求める。抵抗しようにも、きっとし切れない。ミカは非力だし、武器など扱えないからだ。こんなことなら、もっと武術を習っておくのだった。

笑いながら近づいてくるラルスが気色悪い。自己陶酔的なところに嫌悪を感じるし、アルベルトを上から目線で貶《けな》すところは馬鹿だとしか思えない。こんな男に抱かれるくらいなら、死んだほうがマシだ。

（そうだ、死んだほうがマシかもしれない）

ふっと死の誘惑がミカを取り込もうとした。窓から飛び降りたら死ねるだろうか。ラルスの腰から剣を奪って喉を突けば確実だろうか。それとも――。

（いや、駄目だ。もしかしたら、本当に身籠っているかもしれないのに……）

自覚症状はなくとも、アルベルトと毎晩性交していた。もし孕んでいたら、その子も一緒に死んでしまうことになる。

けれど、この先ミカの居場所を探し当てたアルベルトが、ラルスに陵辱されたミカを許してくれるだろうか。許してくれなかったら、どうすればいいのか。

（いや、きっと許してくれる。あの男は、ちゃんと気持ちがこもった性交と、そうでない暴力だけの性交を分けて考えられるはず。それどころか、助けが間に合わなかったと謝っ

てくれるだろう）

そういう男だ。だからミカは求婚に応じた。毎晩抱かれて、愛してもらえて、嬉しかった。だから、死を選んではいけない――。

眼前に迫ってきたラルスが、ミカの手を握ってきた。手汗で濡れていたのか、ぬるりとした感触に鳥肌が立つ。反射的に叩き払ってしまい、ラルスが苛立ちを顔に出したのを見て我に返った。

「ミカ様、私はこれでも精一杯、紳士的に振る舞っているつもりです。あなたには選択肢がない。私を受け入れるしかないのです。せめて優しくしてやりたいと思って接している私の気持ちを、無下《むげ》にするつもりですか」

ラルスがじわりと怒りの感情を膨らませているのが感じられた。

「あなたに助けなど来ません。いくらでも乱暴に振る舞えるのですよ、私は」

じりじりと壁際に追い詰められ、ミカはとうとう逃げ場をなくした。ラルスの笑みはどんどん醜悪さを増していく。卑怯な手段を取りながらも勝利を確信した、矮小《わいしょう》な男の笑顔だった。

「あなたにここでなにをしても、私は咎められることはない。私はここの支配者ですからね。あなたは私だけのものになったのです。もう観念してすべてを捧げなさい」

「嫌です」

「まだわからないのですか。抵抗しても無駄だと言っているのに。ここにあなたの味方はひとりもいませんよ」

「きっとアルベルトが助けに来てくれます」

「来ません。いつか探し当てるかもしれませんが、その頃にはもう、あなたは私の子を何人も産んでいるでしょうね。あの田舎者の悔しがる姿を早く見たいとは思いますが、たぶん数年後になるでしょう」

「そんなに時間はかかりません。絶対にもっと早く、助けに来てくれます」

「往生際《おうじょうぎわ》が悪いですね。来ないと言っているのに」

「来ます。来てくれます。私は信じています」

「信じるのは勝手ですから、まあ、いいでしょう。さあ、私のものになる時間です」

手を握られて、ミカはまた振り払った。触れられたところから悪寒がして、我慢できない。焦れたラルスが抱きしめようとしてきて、ミカは渾身の力で突き飛ばした。

「触るな！」

よろけたラルスを、ミカはもう体裁もなにもかも捨てて蹴飛ばした。たいした威力ではなかっただろうが、まさかミカに蹴られるとは予想もしていなかったらしいラルスは、びっくりした顔で転がった。

その隙に扉へ駆け寄り、逃げようとした。ところが外側から鍵がかかっているのか、開かない。それならばと窓へ行き、カーテンをかき分け、窓を開けた。明るい満月が中天に浮かんでいる。月光に照らされた外は明るかった。

露台に出て地面を見た。高いが、真下には植木が並んでいる。上手く飛び降りれば、軽傷で済むかもしれない。そのあとどうするか、までは冷静に考えられなかった。

もう理屈じゃない。とにかく嫌だ。生理的に受けつけない。適度に距離を保ってくれていたら会話くらいはなんとかできたが、それ以上は無理。肌に触れられたら汚れる。あれを突っ込まれたら悲鳴を上げて暴れまくる。汚い体液を中に出されでもしたら、きっと内臓から腐って死ぬ。

「ミカ様、無謀なことはおやめなさい。ケガをしますよ」

「うるさい！　おまえに触られるのが嫌なんだよ、近づくなケダモノ！」

いきなり言葉が悪くなったミカに、ラルスが目を丸くしている。

「だれか、だれか助けて！」

力いっぱい、声を張り上げた。見下ろした夜の庭には、等間隔に篝火《かがりび》が焚《た》かれ、警備兵が立っているのが見える。ミカの声が届いているはずなのに、彼らは振り返りもしなかった。

「ほらね。あなたの味方はいない。落ち着いて、よく考えてください。私に身を任すのが一番なのです」

「嫌だって言ってるだろ！」

背中から抱きしめてこようとするラルスを肘で突きながら、「アルベルト！」と夫を呼んだ。助けて、ここに来て、いますぐここから連れ出して！

　そのとき、どこかからか地鳴りのような音が聞こえてきた。露台の手すりを握った手に、かすかな振動が伝わってくる。大地が震えていた。ラルスも気づいて戸惑っている。

「天変地異？」

　顔を上げ周囲を見渡したが、よく晴れた夜空には無数の星がまたたき、真円の月は静かに白い光を放っている。屋敷を囲む広い庭と、高い塀が一望できた。とくに変わった様子はない。だとしたら、この地鳴りと振動はなんだろうか。庭の警備兵たちも異変に気づいてウロウロしはじめた。

「あれは、なんだ？」

　ラルスが視線を向けているほうに目をこらせば、土煙のようなものが舞い上がっていた。地鳴りはその方向から聞こえている。高い塀の向こう側は道だ。ミカが馬車で通ってきた、ある程度の広さがある整備された道。

　そこを、砂埃をたてて近づいてくるものがある。

「馬か！」

　ラルスが声を上げたとき、ミカも地鳴りの正体に気づいた。相当数の馬が集団で道を駆けてきているのだ。近くの牧場から馬が何十頭も一度に逃げ出したわけではないだろう。

　土埃は迷うことなく高い塀が途切れる正門で動きを止めた。ミカとラルスがいる場所からは、距離がありすぎて正門の様子は見えない。けれどもうわかった。

「アルベルトだ、アルベルトが来てくれた……！」

騎馬兵にちがいない。アルベルトが兵を率いて、ここまでミカを助けに来てくれたのだ。

「そんな馬鹿な」

ラルスが愕然《がくぜん》と呟くのを放っておいて、ミカは露台から寝室に戻り、鍵がかけられた扉に縋った。拳で力いっぱい叩く。

「ここを開けろ！　アルミラ王国の兵が来たぞ！　私を自由にしないと激怒しているアルベルト王にぶっ殺されるぞ！」

ガンガンと叩きながらわめくと、鍵が外された音がして、扉が開いた。ミカの世話をしてくれていた女性使用人が真っ青な顔をして立っている。手には鍵が握られていた。

「ほ、本当にアルミラ王国の兵が来たのですか」

「外の騒ぎが聞こえなかったのか」

「ではあれは……」

狼狽えている女性使用人の横を通り過ぎ、ミカは廊下へ出た。屋敷の中は大騒ぎになっていた。不寝番の者以外はすでに就寝していたのだろう、だれもが寝衣の上にガウンを羽織っただけの姿で右往左往している。そのあいだを警備兵が駆け抜けて外に飛び出していく。ミカは玄関ホールの上からその様子を見下ろし、だれも自分に注意を払っていないのを確かめてから階段を降りた。開け放たれたままの玄関扉の向こうに、見慣れたアルミラ王国の親衛隊員の制服をいくつも見つけ、歓喜に胸が躍った。

きっとあの中にアルベルトがいる。どうやってここを突き止めたかわからないが、来てくれたのだ。

「ああ、アルベ……」

夫の名前を呼ぼうとしたミカの口が、背後から伸びてきた手にふさがれた。驚いているあいだに腹に腕を回され、抱えられるようにして屋敷の奥へと引きずられていく。ラルスだった。

「裏口に馬車を用意してあります」

警備兵らしき男がラルスに伝えると、ミカの両足をまとめて持ち上げる。

「んんーっ！」

なんとか抵抗しようとしたが、男二人に担ぎ上げられるとどうしようもなかった。そのまま屋敷の裏口へ運ばれてしまう。ここに連れて来られたときとおなじ、地味な箱馬車が扉を開けて待っていた。

「んんーっ、んーっ！」

必死で抗った。乗せられたらまたどこかへ運ばれてしまう。せっかく助けに来てくれたのに。きっとこんどこそラルスに陵辱される。

警備兵を蹴飛ばし、ラルスの手に嚙みついてやった。悲鳴を上げてラルスが手を離したので、ミカは地面に投げ出される。背中を打って一瞬息が詰まった。なんとか呼吸が戻ってきたら痛みが酷かったが、怯まずに抵抗した。

「ミカ様、おとなしくしてください」

「お願いですから、馬車に乗ってください」

「ミカ様っ」

だれが言いなりになどなるか、クソ馬鹿野郎。

「そこでなにをしている」

威厳のある低い声がかけられた。怒鳴っているわけではないのに、耳にはっきりと届く声だった。この声を知っている。

「私の妻を離せ」

ミカを妻と言うのは、この世でただひとりだ。

ラルスと警備兵が息を呑んで動きを止める。ミカは急いで立ち上がり、声のほうを振り向いた。月光に照らされたアルベルトがそこにいた。馬上で背筋を伸ばし、厳しい表情でラルスを睨んでいる。

「アルベルト！」

本当に来てくれた。こんなところまで追ってきてくれた。攫われてからまだ二日しかたっていないのに、たどり着いてくれた。

「ミカ！」

ひらりと馬から降り、アルベルトが駆けてくる。逞しい腕で抱きしめられ、ミカは嬉しさのあまり涙ぐんだ。固い騎士服に包まれた背中に腕を回し、縋るように抱きつく。

夢やまぼろしではない。アルベルトが助けに来てくれたのだ。

「アルベルト……」

「ミカ、遅くなってすまない。ケガはないか？　なにをされた？　ああ、砂だらけだ」

いつのまにかミカは裸足になっていた。室内履きはどこかへ飛んでいったようだ。激しく抵抗したので手足と寝衣は砂だらけになっている。アルベルトはミカの全身に触れて、ケガの有無を確認しはじめた。

「おおきなケガはなさそうだな。なにか酷いことはされなかったか？」

その横をカールが数人の親衛隊員とともに通り過ぎ、呆然と座り込んでいるラルスに縄をかける。それ以外にも、屋敷の警備兵や使用人たちをひとり残らず捕らえているようだ。

「もうすこし早く来てほしかったです」

拗ねたような声音になった。アルベルトは困ったように眉尻を下げ、「悪かった」と謝罪してくれる。じゅうぶん早かったのに。

「ラルスになにかされなかったか？」

「されていませんけど、寸前でした」

「間に合ってよかった」

「でも本当に寸前だったんです」

「そうか、申し訳ない。怖い思いをさせてしまったな」

「怖いってほどではありませんでしたけど」

いや、怖かった。本気で怖かった。それなのに弱音を吐きたくなくて強がってしまう。

こんなときくらい素直になれないのかと、我ながら情けなくなる。

きっとアルベルトはミカのそんな心の動きなど読めているにちがいない。困ったように微笑まれて、ミカは居たたまれなくなる。

「なにはともあれ、無事に救い出すことができて本当によかった。ピニとカレルヴァ殿のおかげだ」

「どういうことですか？」

アルベルトはピニを介してカレルヴァの神通力を分けてもらった経緯を話してくれた。それでこんなに早く駆けつけることができたのかと納得する。島の花嫁たちを将来的にも助けていくというのは本当なのだ。あらためてカレルヴァの愛情に感謝した。

「アルベルト」

カールの声にアルベルトが振り返った。

「屋敷の者たちは全員、捕縛した。ラルス以外はヴァレ王国の人間のようだな。すべての事情を知っていながらここで働いていた者と、そうでない者に分かれそうだ」

「そうか」

アルベルトは捕縛されたラルスに歩み寄った。両腕を後ろ手に縛られ、さらに腕ごと胴体を縄でぐるぐる巻きにされて地面に座らされている。絶望を浮かべた顔を俯け、見開いた目にはなにも映っていないようだ。

「ラルス、自分がなにをしたか、わかっているな？　なぜこんなことをしたんだ」

アルベルトの問いかけに、ラルスはなにも言わない。

「私からミカを奪い、自分のものにしたかったのか」

答えないラルスに、アルベルトは怒りをぶつけることはしなかった。淡々と問いかけを続ける。

「ミカを攫った黒装束の賊たちを雇ったのは、おまえだな？　この屋敷はだれのものだ。だれから借り受けた？　おまえの財力ではとうてい買えないだろう。自国ではなく隣国に協力者を得るとは、ずいぶんと交友関係が広いようだな」

ラルスは一切答えず、ぐっと唇を引き結んでいる。アルベルトがミカを振り返った。

「ミカ、なにか聞いているか？」

「……はい」

ラルスの様子を横目で窺いながら、ミカは知っているかぎりのことをアルベルトに話した。今回の事件の首謀者はラルスであること、この屋敷を用意したのはヴァレ王国のザクリス王だと聞いたこと、そして――ラルスはミカとのあいだに子供を何人かもうけるつもりで、そのうちのひとりをザクリス王に渡す約束になっていたこと。

子供のくだりでアルベルトの額に青筋が浮いた。横で聞いていたカールも愕然としている。アルベルトはしばし目を閉じ、乱れる気持ちを落ち着けるように深呼吸した。

「ミカ……」

そっと抱き寄せられて、ミカはふたたびアルベルトの腕の中におさまった。唇に、頬に、いくつものくちづけが降ってくる。

「本当に、間に合ってよかった」

しみじみとした呟きが、胸に染みた。

もしも捜索に一年も二年もかかっていたら、ミカはラルスに陵辱され、きっと望まない子供を産まされていた。たとえそうなったとしても、アルベルトの愛情は揺らがなかっただろう。けれどその場合、ミカの心身が健康でいられたかどうか、わからない。

「おまえ、馬鹿だったんだな」

カールがラルスに無情な言葉を投げかける。

「軟禁されている王妃を助け出すとか言ったらしいが、この二人のどこをどう見れば不仲に思えるんだ？　べったべたに甘ったるい新婚にしか見えないだろうが。どうせ王妃の美貌によろめいてわけがわからなくなっちまったんだろうが、ちゃんと現実を見ろ。三十歳にもなって童貞みたいな妄想を膨らませてんじゃねぇよ」

おかげでこっちは二徹目だ、とカールが苛立たしげに足下の石を蹴飛ばす。

「おまえ、国に戻ったら覚えていろよ。こってり絞ってやるからな」

目をギラギラと光らせるカールに、ラルスが少しだけ怯えたような表情になった。

「アルベルト、このあとはどうするつもりだ？」

「とりあえずミカを休ませたい」

アルベルトがミカを見つめてくる。夫と再会できて気分が高揚しているせいで自覚できていないミカだが、おそらくアルベルトが心配するほど顔に疲労が表れているのだろう。

「この屋敷で休ませてもらうしかないいんじゃないか？　いまから馬車で国に帰るのは酷だろう。時間が時間だし」

カールが屋敷を見上げた。夜空を背景に、瀟洒な佇まいの屋敷がある。窓という窓が明るいのは、カールの配下の者たちがすべての明かりを灯して屋敷中をくまなく捜索しているからだろう。

まだ月は中天を過ぎたあたりにあり、夜明けまではずいぶん間がある。

「そうだな。ミカのために用意された部屋があるだろうから、そこに――」

「ここは嫌です」

反射的にミカはカールの提案を拒んでしまった。言ってしまってから、なぜ嫌なのか自分を見つめる。短いあいだとはいえ、囚われの身になっていた場所だ。もうここにいたくない、というのが正直な気持ちだとわかる。

「すぐに帰りたいです」

「しかし疲れているだろう？　馬車での移動はきついのではないか」

「かまいません。我慢します」

過酷だった馬車の旅を思い出すと息苦しくなってくるが、しかたがない。

「どうする？」

アルベルトとカールが相談をはじめた。

「俺としては、この屋敷で夜明けを待ってほしい。親衛隊員で厳重に警備するから我慢してもらって、夜が明けるまで下手に動かないほうがいい」

「しかし私はミカの望みをかなえてやりたい。早くここから離れたいという気持ちは、私もおなじだ。私がミカの馬車に付き添って、休みながら移動すれば、なんとか」

「ではヴァレ王国の糾弾はどうする。明日の朝になったら私がザクリス王のもとへ行くのはかまわないが――」

その場でアルベルトが事情を説明した書状を書くことになった。

ラルスの身柄はアルミラ王国へ送る。自国の法に則って裁くためだ。ベルマンも待っている。彼以外の屋敷の使用人たちは全員がヴァレ王国の者だったため、カールがヴァレ王国の王城へ連行していくこととした。

ミカが乗る馬車は、ラルスが用意していたものしかない。外からも中からも様子がわからないように窓を覆っていた板を、アルベルトが剝がしてくれた。カールが親衛隊員に命じて屋敷の中から持ってこさせた毛布やクッションを、馬車の中に敷き詰める。すこしでもミカの乗り心地がよくなるようにと、みんなが気遣ってくれた。

そのときだった。アルベルトの眉間がほんのりと光りはじめる。そこにカレルヴォの力を感じた。

「どうしたんだ？　急に熱くなってきたぞ」

アルベルトが眉間を手で押さえて俯く。熱いだけでなく痛みもあるのか、アルベルトがぐっと歯を食いしばったのがわかった。

「大丈夫ですか、アルベルト」

カレルヴァの力が暴走しはじめたのでは、とミカは心配になる。

そのとき、一陣の風が吹いた。砂埃が舞い上がり、一瞬目を閉じる。開いたときには、ミカの前にカレルヴァが立っていた。

◇

「うわぁ！」

突然、銀髪の麗人が出現し、驚愕の声を上げながら近くにいた親衛隊員が飛び退く。反射的に腰の剣を抜きそうになった彼を、カールが「待て！」と制止した。

「客人たちが寝静まったので抜けてきた。アルベルト王、なんとかミカを救い出せたようだな」

「カレルヴァ殿」

アルベルトは騎士の礼をとり、感謝の言葉を述べる。

「族長殿の助力のおかげです。ありがとうございました。私は大切な妻を失わずに済みました。この御恩は一生忘れません」

「そうだな、忘れないでいてほしい。いつでも私が力を貸せるわけではないので、二度とこんな事態にならないよう、ミカの安全をつねに考えてくれ。島の花嫁たちは、すべて私の大切な子供だ。危険な目にあわせないよう、対策に努めることだ」

「肝に銘じます」

「ミカ」

カレルヴォが呼びかけると、ミカが近づいていく。カレルヴォはミカの顔をじっと見つめ、「ケガはないようだな」と親のように慈愛のこもった声で労《いたわ》った。

「島に帰りたくなったか?」

思わずギョッとしてカレルヴォとミカを交互に見てしまう。なんという質問をするのか。口を挟みたくなったアルベルトの前で、ミカは躊躇いもなく否定した。

「いいえ、そんなこと一度も思いませんでした」

「しかし攫われてから何度か私に助けを求めただろう。かすかに声が聞こえたぞ」

「それはたんに現状から救ってほしいと縋っただけで、島に戻りたいからカレルヴォに呼びかけたわけではありません。私は同時にアルベルトの名前も呼びましたよ。どちらかと言えば、アルベルトを呼んだ回数のほうが多かったのではないですかね」

アルベルトにとっては嬉しい事実だ。

「おまえの危機に駆けつけなかった私を怒っているか?」

「まさか、怒ってなどいません。むしろアルベルトに力を授けてくださってありがとうございました。おかげで私は無事でした」

「そうか……。おまえはもう身も心もアルベルト王の妻になったのだな。私が庇護しなければならない島の花嫁候補ではなくなった。寂しいが、そうなってくれるように育てたのは私自身だ」

カレルヴォがしみじみと呟き、ミカの頬に触れた。

「けれど私の大切な愛し子であることは生涯変わらない。なにかあれば、私はできるだけの助力をするつもりだ」

「ありがとうございます」

慈愛のこもった笑みを浮かべたカレルヴォは、「さて」とアルベルトに向き直る。

「これから城に帰るという話がちらりと聞こえていたが、この馬車で行くつもりか」

「これしかないので……」

「馬車だとどのくらいかかるのだ？」

「最低限の休みで走り続ければ一日半ほどで帰り着けると思いますが、ミカの疲労が溜まっているので無理をしない速度で走らせるとなると、三日はかかるかと」

「しかたがないな。私が運んでやろう」

カレルヴォは肩を竦めてそう言ったが、おそらく最初からそのつもりだったのだろう。島からミカが嫁いできたあの日、カレルヴォの不思議な力でピニともども瞬間的に移動してきた。あれがふたたび行われるのか、と緊張する。目の前からミカが消える心構えが必要だ。

「ミカ、おいで」

手招かれてカレルヴァに歩み寄ったミカは、「アルベルトも一緒でなければ嫌です」と可愛らしいことを言った。

「わかった。ではアルベルト王も一緒に」

「えっ、私もですか」

「ミカが望んでいる」

「わかりました。それではお願いします」

カールをちらりと振り返り、「あとは頼む」と言い置くと、しっかりと頷いてくれた。

ミカが手を伸ばしてきたのでアルベルトはそれを摑む。二人が抱き合った次の瞬間、竜巻に巻き上げられるような浮遊感に包まれ、足の裏が地面から離れたのがわかった。とっさに目を閉じる。

わずか一呼吸のあと、足の裏に固い感触があった。平衡感覚が狂ってぐらりと倒れそうになるのを踏みとどまる。目を開けるとミカは変わらずに腕の中にいた。顔を上げて驚愕する。アルベルトとミカは、赤々と篝火が燃える王城の正門前に立っていたのだ。

正門の警備兵が驚愕してなにやらわめいている。すぐにひとりが城の中へと駆けていった。伝令がベルマンのもとへと行ったのだ。

かたわらに立ったカレルヴァは、ミカになにやら意味深な笑みを向けてきた。

「ミカ、今夜はもう時間がないので私は島に戻る。けれど近いうちにピニが私をここに呼ぶことになるだろう。そのときにはゆっくりとお茶でも飲もう」

「ピニが呼ぶような事件が起こるのですか？」

「事件といえば事件だな」

「不吉な予告はしないでください。なにが起こるのかと不安になります」

「なにも不安に思うことはない。めでたい事件だ」

「めでたい？」

ミカが聞き返すと、カレルヴォはまた含み笑いをした。「それでは、またな」と風とともに姿を消してしまう。アルベルトとミカは顔を見合わせた。

「なんのことでしょうか」

「なんだろうな」

揃って首を傾げていると、「ミカさま！」とピニが駆けてくるのが見えた。その後ろにはベルマンと侍従のベッゼル、その他何人もの侍従と侍女と文官たち。夜中なのに全員が起きていたようだ。なんらかの知らせがあればすぐに動けるように待っていてくれたのだろう。

「ミカさま、よくぞご無事で！」

ピニが飛び跳ねて半泣きになりながらミカに抱きついた。ベッゼルも涙目で「ようございました」と繰り返している。ベルマンはいつもの厳しい表情をさらに厳しくさせて、アルベルトに深々と頭を下げた。

「ベルマン、ラルスは無事だ」

「……はい」

「私とミカは一足先に戻った。ラルスは親衛隊員が連れて戻ることになっている」

「お手をわずらわせてしまい、本当に申し訳ありません」

近くで見ると、ベルマンはたった一日でずいぶんと老けてしまったようだった。満足に休息もせず、食事もとれていないのだろう。影が薄くなったような気がする。

身内が大変な事件を引き起こしたのだ。その心労のおおきさは計り知れない。しかしベルマンはこの国に必要な頭脳だ。ここで倒れてもらっては困る。

「詳細は明日にして、まずはミカを休ませたい。ベルマンもすこし休め」

いいな、と念を押して、アルベルトはミカとともに城に入った。


ミカをピニに委ね、アルベルトは王の居室でベッゼルの手を借りながら汚れた騎士服を脱いだ。ゆっくりと湯浴みをして汗を流し、すっきりしてから寝衣を着る。窓を覆うカーテンを開けて外を見てみると、東の空がかすかに白みはじめていた。

二夜連続で寝ていないことになるが、体が興奮状態なのか眠気は感じない。ミカの様子が気になったので、王妃の部屋に行ってみた。

すでに眠っていたら寝顔だけ見て戻ろうと考えていたが、ミカも湯浴みを済ませたところで、椅子に座り、ピニに髪の手入れをされながら淹れたてのお茶を飲んでいた。

王妃の寝室はミカが拉致された現場だ。血で汚れた絨毯は取り替えられ、傷がついた家具も運び出された。何事もなかったように整えられた部屋で、ミカは以前と変わらずくつろいだ表情を見せている。思うところはいろいろとあるだろうが、おそらくミカは王妃として泰然と構えることにしたのだろう。

アルベルトはミカの近くに座った。ミカをじっと見つめる。寝室のいたるところに置かれたランプのおかげで、ミカの白い肌が艶やかに輝いているのがよくわかる。ピニが丁寧にブラシをかけている金の髪は、滑らかな光沢を放っていた。大切な宝物を無事に取り戻すことができた喜びを噛みしめ、アルベルトは飽くことなく妻を眺めた。

ミカがちらりと視線を寄越してくる。湯を使ったからだけでなく、頬がほんのりと赤みを帯びてきた。

「あまり見ないでください」

照れているのか。拗ねたように尖らせた唇が可愛い。吸いつきたくなってくる。

「自分の妻を好きなだけ見ていいという、夫の特権を奪うのか」

「そんな特権、聞いたことがありません」

「そうか？　丸三日以上も……正確には四日近くも離れていたんだ。少しくらい見つめてもいいだろう？」

早く抱きしめたい。すぐそばにある寝台にミカを押し倒したい。

髪の手入れが早く終わらないかな、と思いながら黙って眺めていたら、ミカがピニの手を止めさせた。もういいから下がるように、とミカが言うと、ピニはブラシを片付けて一礼し、部屋を出て行った。

いそいそとアルベルトは立ち上がってミカの手を取る。寝台へと促した。

「アルベルト、頼みがあります」

寝台の端に並んで座りながら、ミカがいくぶん緊張した面持ちで切り出した。

「あなたの頼みならなんでも聞こう。なんだ？」

「次に外遊の機会があったら、私を連れて行ってください。もう離れるのは嫌です」

まさかそんな嬉しいことを言ってくれるとは、思ってもいなかった。驚きのあまりすぐに言葉を返せない。アルベルトが黙っているものだからミカが不安そうに目を伏せた。

「迷惑なら――」

「いや、嬉しい。迷惑なわけがない」

慌てて否定した。

「今後、どこへ行くにもあなたを連れて行くことにしよう」

「本当ですか」

「約束する」

ミカがホッとしたように頬を緩める。可愛くてたまらない。白い手を取り、甲にくちづけた。

「今回のことは、本当に悪かった」

「あなたのせいでは――」

「いや、私のせいだ」

ミカの手に頬ずりをして、ひとつ息をつく。

「ラルスを警戒していたのに、ことを起こしてしまう前に防げなかった。ミカの警備も、もっと厳重にしていれば襲撃者たちの侵入を防げただろう。私は自分の政《まつりごと》を過信していた。最善を尽くせば、だれもが私を王と認めて、理解してくれるものだと思い込んでいた。絶対、などないのに。愚かだった……」

それに、ミカのことはだれもが大切に扱い、ミカ本人の意志を尊重するのが当然だと思い込んでいた。まさかラルスのように遠くへ攫い、強引に我がものにしようとする輩が現れるとは想像もしていなかった。甘かったとしか言いようがない。

「私が城を留守にしているあいだにあなたを攫われて、まるで半身をもがれたような痛みと虚無を感じた。あなたを失ったら、私はもう生きていけない」

「アルベルト……」

ミカが感激したように碧い瞳を潤ませてしなだれかかってきた。その嫋《たお》やかな体を受け止め、寝衣の薄い生地ごしに感じるミカのぬくもりを抱きしめた。

「今後、また私が城を空けることがあれば、一緒に行こう」

「はい」

「どこへ行くときも離れたくない。ついてきてくれ」

「はい……」

引き寄せられるようにして唇を重ねる。

「愛しています」

ミカの口から、はじめて愛の言葉が紡ぎ出された。

「私の夫はあなたしかいません。あなただけ。私もあなたがいなければもう生きていけません」

「ミカ……」

「いままで、その、よくない態度でした。すみません」

「いや、あなたはどんなときでも可愛かったからいい」

真顔で告げるアルベルトに、ミカが不満げに唇を歪めた。

「私は真面目に謝っているのに、茶化すのはやめてください」

「いや、本心だから」

「余計に駄目です」

なぜ駄目出しされるのかわからない。

「ミカ、私はあなたの気持ちがすこしでもこちらに向くまで、何年でも待つつもりだった。嬉しいよ。私も愛している。私の妻はあなただけだ。こうして無事に取り戻すことができて、本当によかった」

「私もあなたにふたたび会うことができて、嬉しいです」

「囚われの身になってから、心の中で何度も私の名を呼び、助けを求めたというのは本当か？」

「本当です」

「カレルヴォ殿の名前よりも多く、私を呼んだというのは……」

「それも本当です」

頬を赤くしながら肯定されて、アルベルトは飛び上がって喜びの雄叫びを上げたいくらいだった。

「ああ、ミカ」

抱きしめながら寝台に押し倒した。敷布の上に広がる金髪が芸術作品のように美しい。じっと見上げてくる碧い瞳は、神の末裔一族が住まう南の海の色だ。そして大切に育てられた無垢な魂は、なんの躊躇いもなくまっすぐにみずからが選んだ夫を恋い慕ってくれているのだ。

神の末裔一族から花嫁を娶ることを提案したベルマンは正しかった。アルベルトとミカを出会わせてくれたカレルヴォもまた、正しかった。

この奇跡のような出会いに感謝し、アルベルトはあらためて愛を誓う。

「愛している。私の妻は生涯あなただけだ。もう二度と、離さない」

「はい、離さないでください」

細い腕がしがみついてきた。激しい衝動のままに、アルベルトはミカにくちづける。柔らかな舌を引き出して淫らに絡ませると、ごく自然にミカの両足が開き、アルベルトの腰を挟むように動いた。

◇

三日ぶりにアルベルトの重みを全身に受けて、ミカは泣きたくなるほどの安堵を覚えた。助かったのだと、無事に城に戻ることができたのだと、もう何十回目になるかわからないほど噛みしめた思いを、またあらたにする。

「ミカ……」

アルベルトもおなじなのか、ミカの首筋に顔を埋めて、絶え間なく名前を呟きながら首筋や鎖骨にくちづけていた。何度も匂いを嗅ぎ、きつく抱きしめてくる。早く邪魔な寝衣を剥ぎ取って、裸で体を重ね合いたいのに、じれったい。

「あんっ」

すでに固くなっていたミカの性器を、アルベルトが寝衣の上から握ってきた。直接触ってほしいとは、はしたなくて言えない。もどかしい愛撫を受けながら悶えていると、アルベルトが膝上までめくれ上がっていた寝衣の裾から手を入れた。下着はつけていない。

「ああっ……」

やっと触れてもらえて歓喜とともに快感が全身に広がった。

「私にこうしてほしいと思っていたのか？　もう濡れている」

嬉しそうに言われると、羞恥をごまかそうとして反発心が湧いてきてしまう。つい、

「数日ぶりだからです」と溜まっていたからの反応だと余計なことを言ってしまった。けれどアルベルトは気を悪くした様子はなく、「そうだな」と笑った。そしてぐっとミカの下腹部に固いものを押しつけてくる。炎で炙《あぶ》った石のように、熱くて固い。アルベルトの性器だとわかり、ミカはいまさらながら狼狽えた。

結婚式以降、ほぼ毎晩のように抱かれてきた。アルベルトの逞しい性器に貫かれ、いいように翻弄されることは日常になっていたはず。それなのに、今日のアルベルトはいつになくおおきく熱くなっているような気がして戸惑ってしまう。四日も間が空くと、性欲旺盛なアルベルトはこれほど溜まってしまうものなのか。

「私ももう猛っている。あなたが欲しくてたまらない」

はあ、と切ない吐息が胸にかけられた。やっとアルベルトの手がミカの寝衣にかかり、やや性急にはだけられた。露《あらわ》になったミカの裸体を見つめながら、アルベルトが自分も脱いでいく。下腹にそそり立つものは、やはりいつもよりおおきい。先端の割れ目からはすでに露《つゆ》が滲み出て、たらりと幹を伝い落ちていた。

あれを挿入されたら自分はどうなってしまうのだろう。畏怖と同時に、愛しさも湧いてくる。ミカはそこから目が離せなくなった。口腔に唾液が溜まってくる。引き寄せられる

ようにして上体を起こし、ミカはアルベルトのそれに指で触れた。びくんと揺れた性器を、可愛いと思ってしまう。くちづけたい。

「ミカ、してくれるのか?」

頷いて、ミカは唇を寄せた。先端にチュッとくちづけ、溢れてくる露を舐める。やはり変な味がしたが、嫌だとは思わない。ぺろぺろと亀頭部分を舐め回した。くびれに舌を這わせたところで、アルベルトが制止してきた。

「もうやめてくれ。出てしまいそうだ」

まだたいしたことはしていないのに、アルベルトは弱り切った声でそんなことを言う。ミカに苦笑いし、アルベルトが仕切り直しだとくちづけてきた。口腔を隅から隅まで舌で舐めてくる。苦しくなってきてアルベルトの肉厚の舌を追い出そうとしたら、逆に絡められてぬるぬると擦りつけられ気持ちよくなってしまった。

くちづけに夢中になっているあいだに、いつのまにか両足を広げられてアルベルトの腰を挟むようにしていた。体がすっかり慣らされてしまっている。アルベルトにのし掛かられると、ミカの足は自動的に開いてしまうのだ。それを恥ずかしいと思う間もなく、アルベルトの手が尻の谷間を探ってきた。

「あっ、ん……」

そこに触れられるとすぐに体が深い官能を思い出して、四肢が甘く痺れたようになる。早く繋がりたい。体の奥まで愛してほしい。女性器とはちがってみずから濡れるはずのない場所が、じわりと潤んできたような気がした。それは気のせいではなかったようで、香油を使っていないのにアルベルトの指がすんなりと滑るようにして入ってきた。

そんなつもりはないのに、まるで男性器を渇望する淫乱ないきものになってしまったかのようで、ミカは動揺した。とっさに逃れようとしたミカを、アルベルトが抱きしめてくる。

「ミカ、私を求めてくれているんだな。嬉しい」

「でも、あの……こんな……」

「私は嬉しいと言っているんだ。なにも知らなかったあなたの体が私に馴染み、繋がりを求めて変わってくれたとしたら、男としてこれほど嬉しいことはない」

挿入された指が、くちゅっと濡れた音を立てた。恥ずかしいのに心地よくて、下腹から力が抜ける。二本目の指も難なくそこに入った。入念に解さなくとも、もうアルベルトの屹立を受け入れられそうなほど柔らかく潤っている。

指がゆっくりと引き抜かれ、両足がアルベルトの肩に担がれるような体勢を取らされた。なにもかもが丸見えの状態にされてびっくりする。この体の中でアルベルトに触れられていない場所はない。だからいまさらかもしれないが、そこを間近で凝視されれば、羞恥に身悶えずにはいられない
「なに、アルベルト、なにを」

「いいから、じっとしていてくれ」

あろうことか、アルベルトが後ろの窄まりにくちづけてきた。チュッと吸われ、次いでべろりと舐められ、悲鳴を上げそうになった。驚愕のあまり呆然としているミカをよそに、アルベルトはそこに何度も舌を這わせてきた。

「あ、ああ……いや、いやです」

湯浴みを済ませたあととはいえ、そこは口をつけていい器官ではない。理性でなんとか抗議をし、手足をもがかせて体勢を変えようとしても、弱々しくしか動けない。蕩けそうな快感がミカを駄目にしていた。

「嫌なのか？　本当に？」

「ああ、んっ」

「あなたのここは嫌がっているようには見えない」

その通りだ。毎夜の性交により、そこはすっかり快楽を得る場所になっていたのだ。舌と唇で優しく愛撫されれば気持ちいいに決まっている。綻び切ったそこを指で広げられ、舌が差し込まれたらもう喘ぐしかない。

「ああ、ああっ、アル、ベルト、ああっ、いや、やあっ」

敏感な粘膜を執拗に舐められ、ミカは半泣きになりながら体をくねらせる。全身で悶えて敷布を乱す。濃厚すぎる官能をどう逃がしていいかわからなかった。

「ここはどうだ？　こうすると――」

「あーっ、あっ、ああ、あんっ」

舌と一緒にまた指が入れられ、かき混ぜるようにして熱く蕩けた肉襞《にくひだ》を愛撫してくる。気持ちいい、気持ちいい。でももっと、欲しい。足らない。もっと奥に、もっと強く、もっとおおきなもので、そこをいっぱいにしてほしい。

腹の奥が疼《うず》いた。愛する男の性が欲しいと、体が激しく要求している。

「アルベルト、もう、もう……！」

あなたを入れて、と掠れた声で懇願した。激しい渇望のあまり、はしたない望みだという判断ができなくなっている。なりふりかまわずに夫に縋りつき、その逞しいもので貫いてとねだっていた。

「ああ、ミカ……愛しているよ」

いつになくアルベルトの声が上擦っていることになど気づく余裕もなく、そのおおきな手で臀部をいやらしく揉まれて、啜り泣きのような声を漏らしてしまった。

柔らかく濡れているそこに剛直の先端があてがわれる。窄まりが勝手にそれを食《は》むように動いたことを、ミカは知らない。アルベルトだけが息を呑んだ。ぐっと押し込まれた屹立を、滴《したた》るほどに潤っていた粘膜は香油がなくとも難なく受け止める。一気に根元まで挿入されたそれを、ミカの内部はまんべんなくぎゅっとしめつけた。

「くっ……」

アルベルトが苦しそうに呻いたが、ミカは欲しかったものが与えられた充足感に陶然とするばかりだ。一呼吸置いてから、アルベルトがゆっくりと動き出す。すでにミカの体を

知り尽くしているアルベルトの腰遣いは無駄がない。最初からミカが感じてたまらないところを甘く突き、擦り上げ、切なく抉る。

「ああ、あーっ、あ、あーっ、アル、アルベル、あーっ」

がくがくと全身を震わせて、またたくまに絶頂に達してしまう。勃起した性器に直接愛撫をされずとも、ミカは後ろの刺激だけでいくことができるようになっていた。

「うっ、ミカ、すごい……」

上になっているアルベルトが感嘆めいた言葉をこぼしたが、その意味を理解できなかった。自身の腹に体液をほとばしらせたまま、アルベルトの腰に力強く突き上げられて、さらなる官能の渦《うず》に飲み込まれていく。頭の芯が痺れるような快感に、理性などこなごなに砕けた。

いままでも快感が過ぎて辛いほどの性交はあった。抱かれれば抱かれるほどに感度が上がっていき、もうこれ以上の快楽はないと思ったことが何度かあった。そのときよりもずっと激しくて長く続く絶頂感に、ミカは意識を失いそうなほどアルベルトに溺れた。

「ああ、ああ、いい、また、ああっ」

「いいのか？　ここか？」

いやいやと首を左右に振り、ミカは喘ぎながらアルベルトの肩を甘噛みした。

「もっと、もっと奥」

「ん？　もっと奥をどうしてほしいんだ？」

「もっとして、いっぱいして、もっと突いて……！」

「わかった」

願い通りに奥をたくさん突いてもらい、ミカはまた達した。跳ねる腰を抱きかかえられてさらに奥をかき回される。

「あーっあーっいやぁあーっ」

押し出されるように嬌声がほとばしる。立て続けにいかされて、泣きじゃくるミカにアルベルトがくちづけてきた。痛いほどに抱きしめられ、ぐっと体重をかけられる。

「あ………」

体の奥で、なにかが弾けたのがわかった。熱いもので粘膜が濡らされていく。アルベルトの動きが止まり、荒い呼気がミカの耳元で繰り返された。いつもなら小休止となるはずが、アルベルトは繋がりを解こうとはしない。ミカも離れてほしいとは思わなかった。

もっと、もっと欲しい。何度でも欲しい。

ゆるゆるとアルベルトが腰を揺すり続けている。埋め込まれたままのものは勢いを取り戻しこそすれ、萎えることはなかった。

「もっとください」

中に出された体液が、剛直にかき回されている。それがいやらしくて気持ちよくて、ミカはうっとりと目を閉じた。

「私も欲しい」

深く繋がったまま、二人は情熱的なくちづけを交わした。

◇

アルベルトとミカがカレルヴォの力を借りて城に戻ってから二日後、護送用の馬車に乗せられたラルスが王都に到着した。

王妃を誘拐した重罪人として取り調べを受け、裁かれることになる。宰相の身内だからといって、アルベルトは特別扱いしないつもりだ。おそらく極刑を言い渡すことになるだろうが、ヴァレ王国のザクリス王と手を組むことに至った経緯や、誘拐の実行犯である賊を雇ったツテなどは、きちんと調査をする。二度とこのような事態を招かないように、詳細を把握して、城の警備態勢を再考する予定だった。

収監された場所まで面会に行ったベルマンが、ラルスとなにを話したかまではアルベルトは知らない。しかし執務室に戻ってきたベルマンの目が真っ赤に充血して濡れていたことを、文官から聞いた。

その三日後、カールが帰ってきた。親衛隊員と騎馬兵の隊列は統率が取れていて、その姿は凛々しく、王妃を無事に取り戻した功労者たちとして王都の民たちに歓迎された。

カールはヴァレ王国の王太子テオドルを伴っていた。

娘の誕生日を祝う会では晴れやかな笑顔でザクリス王の隣に座っていた彼は、アルベルトの前で膝を折り、深々と頭を下げて詫びの言葉を述べた。

「知らなかったとはいえ、父の罪は私の罪でもあります。どうか、お許しください」

長旅の疲れからではないだろう、テオドルは青白い顔をして苦悶の表情を浮かべている。

ザクリスが犯した罪は大きい。ラルスへの協力は、ミカの人格を無視し、アルミラ王国をはなはだしく侮辱する行為だった。激怒したアルベルトが総力をあげてヴァレ王国に攻め入ってもおかしくない。

もしそうなったら、軍事力に勝るアルミラ王国は勝つだろう。ヴァレ王国は何十年も戦争をしておらず、国境警備くらいしか経験のない軍しか持たない。それに比べてアルミラ王国の正規軍は、わずか四年前に王座を奪還するために辺境から進軍したアルベルトの同志たちが中心となって、実戦形式の訓練を欠かしていない。正面からぶつかったら、ヴァレ王国は蹴散らされる。テオドルとしては、それだけは避けたいところだろう。

「父ザクリスは退位させます。生涯を終えるまで幽閉し、だれとも会わせません。代わって私が王位に就き、アルミラ王国に忠誠を誓います。私の娘ソフィをこちらの王都に留学の名目で滞在させます。期限は設けません」

人質を差し出し、みずから属国に落ちるという宣言だ。その代わりに攻め入るのは勘弁してほしい、という言外の願いを、アルベルトは聞き入れることにした。テオドルの顔を見るまでは、戦争を回避する代償に巨額の慰謝料をふっかけようと思っていたのだが、それはやめておくことにした。

「わかった。では取り急ぎ書面を作成する。年内にソフィ殿の住まいを用意しよう。安心してくれ。不自由のない暮らしを約束する」

「ありがとうございます」

盛大な誕生会を開いていたくらいだ。とても可愛がっている娘だろう。嚙みしめるように、「よろしくお願いいたします」と頭を下げるテオドルを、アルベルトは黙って見下ろした。愛娘を人質として差し出す苦痛はどれほど大きいだろうか。けれど国を揺るがすほどの罪を、そう簡単に許すわけにはいかない。ミカが誘拐されたことは、もう国中の民が知っているのだ。

人質という、目に見える負債は、この国にとってもヴァレ王国にとっても必要だった。


このところミカの体調がよくない。

ヴァレ王国とあらたな関係が構築されることになり、ソフィが年内に王都に移り住むことが正式に決まった。ミカが誘拐された事件はひとまず片付いた。

城は落ち着きを取り戻し、新婚生活をあらためてやり直そうとしていた矢先、ミカが倦怠感を訴えて寝込んだのだ。三日ほど微熱が続いており、気分が悪いため満足に食事がとれていないらしい。

アルベルトは心配でたまらなく、王の執務室と王妃の寝室を一日に何度も行き来した。

午後の休憩時間にまたミカの様子を見に行ったアルベルトは、寝台に横たわる妻の顔を覗き込み、青白い頬をそっと撫でた。ミカはぼんやりと目を開けて、手を伸ばしてくる。

「アルベルト……」

「ミカ、具合はどうだ？」

ぎゅっと抱きしめてから上体を起こすのを手伝ってやり、レモン水を飲ませた。さっぱりとした口当たりのレモンなら気分が悪くならないと言うので、アルベルトは厨房に命じて王都近郊の果樹農家からありったけのレモンを購入させた。季節はもう秋。備蓄されていたレモンの量はそう多くなく、もっと南の村々までレモンを買いに行かせている。

「アルベルト、なにか重大な病だったらどうしましょう……」

碧い瞳を涙で潤ませて弱音を吐くミカの背中を、アルベルトは愛をこめて撫でた。

「そんなこと、あるはずがない。ついこのあいだまで元気だったじゃないか。けれど心配だから、ピニに頼んでカレルヴォ殿に来てもらおう。あなたは特殊な体だから、普通の医師では診察できない」

「もし私が大病を患《わずら》ったとしても、島に戻されるのは嫌です」

「私があなたを手放すはずがない」

「子を産めなくなったとしたら、後宮に妾妃を置きますか」

「それはない。私の妻はあなた一人だ」

後継ぎなど、どうとでもなる。直系男子にこだわらなければいいのだ。二十四年前、叔父のベルンハードは王位に就いたあと、自分の立場を狙う可能性のある王族をことごとく捕らえ、処刑してしまった。しかし難を逃れた王族もいる。探し出して、優秀な子供を引き取り、教育してもいい。

「アルベルト、本当に私だけ？」

「あなただけだ」

安心させようと微笑み、アルベルトはミカの頬にくちづける。

「ミカさまーっ」

そこにピニがやって来た。驚いたことに、ピニの後ろにはカレルヴォがいる。

「族長さまをお呼びしました。やはり一度、体を診てもらったほうがいいと思いまして」

どうやら自己判断でカレルヴォを呼び出したらしい。ミカが怯えた顔をしたので、アルベルトは抱きしめる腕に力をこめた。

「ミカ、体調がよくないと聞いたが、いまもそうか？」

カレルヴォが寝台に歩み寄り、軽く問診しながら両手をかざした。すぐに、「ああ、やはり」と頷いて両手を下ろす。その口元には笑みがあった。

「病などではない。おまえは子を孕んだのだ」

さらりと告げられた診断に、アルベルトとミカは顔を見合わせた。まさか、という驚きと、やっと、という喜びが一緒になって二人を包み込む。

ミカが誘拐されて離ればなれになっていた数日間を除き、二人は毎晩抱き合ってきた。

身籠るのは時間の問題だと、だれもが期待していた。けれどなかなか子を授からなかったため、きっとミカのような体に生まれついたものは身籠りにくいのだと、気長にいこうと思っていたところだったのだ。

「本当に？　カレルヴァ、本当に？」

ミカが喜色を滲ませた声で聞くと、カレルヴァは、はっきりと「本当だ」と答えた。

「アルベルト、私……」

「ミカ！」

さっきまで青白かったミカの頬が興奮に色づいている。アルベルトはミカを抱きしめてくちづけた。嬉しくてたまらない。父を殺され、母を病で亡くし、従兄のカールだけが近しい身内だった。それが結婚によりミカという素晴らしい伴侶を得ることができ、さらに子供まで授かったのだ。

「それではミカさまの体調不良は、つわりだったのですね」

ピニがカレルヴァに確認している。

「そうだ。安定期に入れば、じきに治まるだろう」

「なにか気をつけなければならないことはありますか？」

「安定期に入るまで、性交は禁止だ」

「聞きましたか、お二方。安定期に入るまで性交は禁止だそうですよ。やりたくなっても我慢してください。わかりましたか？」

ピニの遠慮のない忠告に、ミカが赤くなって「わかったから黙って」と言い返した。

「なにか体調の変化があったら私を呼びなさい。些細《ささい》なことでもかまわない。私のことはミカの主治医だと思ってくれ。赤子を取り上げるのも私だ。ピニ、頼んだよ」

「わかりました」

カレルヴァは窓際に立ち、空を見上げた。今日も晴れている。青い空に、鳶《とび》が舞っているのが見えた。

「私からミカに祝いを贈ろう」

閉められていた窓を開け、カレルヴァは両手を広げた。銀色の長い髪がふわりと浮いたと思ったら、サアッと一陣の風が吹き、空へとなにかが飛び出していったように感じた。おそらくそれはカレルヴァの神通力だろう。

「わあ、虹です!」

ピニの驚嘆した声に、アルベルトとミカもその方角を見る。雨が降ったあとでもないのに、美しい半円を描く七色のおおきな虹が、空にかかっていた。

「ミカ、体を大切にしなさい」

「はい。大切にします」

ミカが自分の腹に手を置くのを見て、カレルヴァは慈悲深い神のように微笑んだ。

そして風とともに姿を消した。

アルベルトはミカの肩を抱き、並んで空の虹を見上げる。ピニが「すごいです」とはし

やぎながらも、お茶の用意をしてくれた。

「おい、アルベルトはここか？」

カールの声が聞こえてきて、王妃の寝室を遠慮がちに覗き込んできた。

「ああ、やっぱりここにいたか」

「なにか用事か？」

「用事かじゃない、空を見てみろよ、雨のあとでもないのに虹が——って、もう気づいていたみたいだな」

「カレルヴォ殿が祝いとして空にかけてくれたようだ」

「祝い？　なんの？　あっ、それよりも王妃殿下、起きていて大丈夫なんですか？」

「大丈夫です。原因がわかったら、なんだか気分の悪さが軽くなりました」

ふふっと笑ったミカに、アルベルトも笑顔になった。ピニもにやにやしている。カールだけが眉間に皺を寄せて、「どうかしたのか？」と戸惑っていた。

「原因がわかったのか？　なんだった？　病じゃなかったのか？」

いつまでも笑っているだけでなにも言わないアルベルトとミカにじれて、カールが本気で腹を立ててしまうのは四半刻後。しかしそのあとすぐに事情を聞き、感激のあまり涙ぐんだ従兄の姿に、アルベルトも声を詰まらせた。

「よかったな」

そうアルベルトに繰り返したカールは、王妃とその腹に宿った命に、騎士として命の限り忠誠を誓うと言ってくれた。

虹はその日、太陽が西に沈むまで空にかかり続けていた。

王妃が懐妊したことは、それから一ヶ月後に公にされた。

一ヶ月前、突然晴れた空にかかった虹が、王妃の懐妊を祝う印だったのだと聞かされた民たちは驚き、喜んだ。アルベルト王は神の祝福を受けている。この国の未来は明るい。

だれもが希望を胸に抱き、さらに王と王妃に信頼を寄せるようになったのだった。

おわり

あとがき

こんにちは、またははじめまして、名倉和希です。このたびは拙作「騎士王の気高き溺愛花嫁」を手に取ってくださって、ありがとうございます。

設定はファンタジーなのに、主要キャラはいつものパターンになってしまいました。アルベルトは嫁のミカが好きすぎて頭おかしくなるし、ミカは箱入り育ちすぎて二十歳にしては幼いし。でもツンデレ未満のミカが、私はとても可愛かったです。

二人は子宝にも恵まれて、幸せに暮らしていくでしょう。けれどミカのアルベルト相手にちょっとツンになっちゃうところは、この先も完全にはなくならないでしょうね。子供が生まれようがなにしようが、ミカはアルベルトに惚れているし、アルベルトは言うまでもなくミカにメロメロ。仲良くしすぎて、ミカは何人も産むことになりそうです。まあでも、国としては目出度いことでしょうね。

今回のイラストは、れの子先生です。私の頭の中では、アルベルトはもっとイモっぽい田舎者のルックスだったのですが、れの子先生のイラストラフを見てびっくり。すごくカッコ良くて、イモっぽくない！　もうちょっとダサくても、と担当に伝えたところ「攻めはカッコ良くなくては！」と言われました。まあ、そうですよね。カッコいいアルベルトと綺麗なミカのイラストにうっとりしながら読んでもらえたでしょうか。

さて、二〇二〇年は公私ともに大変な年でした。来年はもうすこし穏やかな年になってほしいです。厳しい現実に疲れたら、ぜひＢＬで心を慰めてください。夢と希望とエロスが心の糧ですよ。私もＢＬで心の栄養補給をしております。最近はそれをやり過ぎて、自分の原稿が後回しになることもしばしば。各社の担当に謝罪のメールを何通も送るはめになったりならなかったりなったり……。

そんなわけで、来年もよろしくお願いします。私は皆様の心の栄養ドリンクになりたいです。摂取し過ぎても死なないから大丈夫です。廃人一歩手前で長生きしてください。

それでは、また。どこかでお会いしましょう。

名倉和希

本作品は書き下ろしです

名倉和希先生、れの子先生へのお便り、
本作品に関するご意見、ご感想などは
〒101 - 8405
東京都千代田区神田三崎町 2 - 18 - 11
二見書房　シャレード文庫
「騎士王の気高き溺愛花嫁」係まで。

CHARADE BUNKO

騎士王《きしおう》の気高《けだか》き溺愛花嫁《できあいはなよめ》

2021 年 1 月 15 日初版発行

【著者】名倉和希《なくらわき》

【発行所】株式会社二見書房
東京都千代田区神田三崎町 2 - 18 - 11
電話　03(3515)2311[営業]
　　　03(3515)2314[編集]
振替　00170 - 4 - 2639
【印刷】株式会社 堀内印刷所
【製本】株式会社 村上製本所

落丁・乱丁本はお取り替えいたします。
定価は、カバーに表示してあります。

ISBN978-4-576-20199-3

https://charade.futami.co.jp/